Janka Friedrich

Das Glück ist nur eine Schneewehe entfernt

Über das Buch

Verlieben verboten! Das ist Ines' Motto, seitdem die Vergangenheit sie gelehrt hat, was Beziehungen anrichten können. Dennoch verbringt sie die Nacht mit einem Mann, der sie auf Anhieb mit seinen Augen verzaubert. Ein folgenschwerer Fehler. Als Ines am Montag im Büro erscheint, ist sie gleich doppelt entsetzt: Nicht nur, dass ihr Chef die Stelle, die ihr allein versprochen war, zusätzlich mit einem neuen Kollegen besetzt – es ist ausgerechnet Simon. Der Mann, dem sie sich mit falschem Namen vorgestellt hat, bevor sie eine unvergessliche Liebesnacht geteilt haben. Während sie die Mauer um sich herum immer höher bauen will, hat Simon Gefallen an Ines gefunden.

Als die beiden auf einer Geschäftsreise in einen Schneesturm geraten, kann Ines ihm nicht weiter aus dem Weg gehen. Wird Simon es schaffen, sie zu überzeugen, die Vergangenheit ruhen zu lassen und Gefühle wieder zuzulassen?

Tauche ein in eine wunderschöne winterliche Liebesgeschichte. Weihnachten ist eine ganz besondere Zeit. Und manchmal geschehen sogar Wunder.

Janka Friedrich

Das Glück ist nur eine Schneewehe entfernt

Impressum

Deutsche Erstausgabe November 2020

c/o autorenglück.de
Franz-Mehring-Str. 15, 01237 Dresden
Du findest mich auf Instagram: janka.friedrich

Lektorat: Natalie Röllig, Lektorat Bücherseele,
info@lektorat-buecherseele.de

Korrektorat: Ruth Pöß, RuthPoess@web.de

Satz: Constanze Kramer, www.coverboutique.de

Covergestaltung: Constanze Kramer,
www.coverboutique.de

Bildnachweis: © avian, © exvanesko, © Nadezda
Kostina - stock.adobe, © crob – depositfotos.com

Herstellung und Verlag: Amazon Media EU S.à r.l.,
5 Rue Plaetis, L-2338, Luxembourg
ISBN 979-8-55492-789-8

Kapitel 1

Als ich meine Wohnung verließ, traf mich eine frostige Kälte und ich schlang automatisch meinen Cashmere-Mantel eng um den Körper. Der Dezember war laut Wetterbericht viel zu mild. Aber plötzlich fiel das Thermometer auffällig schnell in den Minusbereich. Bevor ich in meinen Mercedes stieg, sah ich zu, wie meine Atemwölkchen mit der Luft verschmolzen.

Das Radio spielte in Dauerschleife *Last Christmas* oder *Coming home for Christmas*. Wie sehr ich diese Zeit doch verabscheute. Morgens dunkel, abends dunkel. Und zwischendurch war es durchgehend grau. Von mir aus könnte es ab Oktober gleich zum März übergehen. Weihnachten wäre demnach passé. Ich koppelte mein Handy mit dem Radio und ließ meine Playlist abspielen. Ein kleiner Vorgeschmack auf den kommenden Abend.

Eigentlich hasste ich es, mit meinen High Heels Auto zu fahren, und zu allem Überfluss schmerzten meine Beine, die ich jeden Freitag in meinem Fitnesskurs malträtierte, aber diese Schuhe passten hervorragend zu meinem Outfit und außerdem schummelten sie mich gute zehn Zentimeter größer. Eine nahezu formvollendete Darbietung mit den Absätzen an den Tag zu legen, war eine Meisterleistung, aber ich beherrschte sie mühelos. Andere würden sich nur bei dem Versuch die Knöchel brechen.

Die geschmückten Häuser und die mit Lichterketten beleuchteten Bäume zogen unbeachtet an mir vorbei, genauso wie der gut besuchte Weihnachtsmarkt, den ich schon seit Jahren keines Blickes gewürdigt hatte.

Das Auto stellte ich auf dem dazugehörigen Parkplatz ab und eilte zu dem Eingang. Ich war spät dran. Der Türsteher hielt mir gleich die Tür auf und so stolzierte ich, ohne auf die verärgerten Wartenden in der langen Schlange achtzugeben, in den Club. Obwohl die Dunkelheit des Raumes viel einer Person verschluckte, meinte ich, den einen oder anderen Blick auf mir haften zu spüren, bis ich in der Menschenmasse unterging.

»Was für ein Auftritt, meine Liebe. Du toppst dich jedes Mal aufs Neue.«

»Hi«, sagte ich zur Begrüßung und gab meiner Freundin Nadine rechts und links einen angedeuteten Kuss auf die Wange. »Ach was, du übertreibst«, winkte ich ab. »Was kann ich dafür, wenn die Leute glotzen?«

»Hallöchen, mein aufstrebender Stern am Firmenhimmel«, flötete mir mein Kumpel Kai zu, beugte sich über den Tisch und wiederholte die Küsschenprozedur.

»Hi. Heute ganz allein hier?«, fragte ich, während ich mich auf einen freien Platz setzte und meine Beine übereinanderschlug.

»Nein«, antwortete er mit einem bedeutungsvollen Augenaufschlag, was mich neugierig machte.

»Männlein oder Weiblein?«

»Männlein. Er heißt Steven und ich habe ihn letzte Nacht im *Omega* kennengelernt. Er ist heiß. Groß, breitschultrig, muskulös und er hat einen Riesen …«, zur Verdeutlichung hielt er seine Hand zwischen seine Beine.

»Schon gut. Keine Details bitte.« Ich zwinkerte Nadine zu, die mir vielversprechende Blicke hinsichtlich Kais Neuem zuwarf.

»Mir wäre das viel zu anstrengend«, stellte sie fest und schlürfte mit dem Strohhalm ihres Cocktails. »Dieses ständige Geswitche. Was ist, wenn du eine Frau im Bett hast, du aber unbedingt was Richtiges, Hartes brauchst?«

»Dann bleibt mir wohl nichts anderes übrig, als in meiner Schatzkiste zu kramen und das passende Spielzeug herauszusuchen.« Kais Augenbrauen hüpften.

Nadine grinste breit, während ich die Lage scannte. Für mich wäre es ebenfalls mal an der Zeit, jemanden mit nach Hause zu nehmen. Auch wenn ich mir geschworen hatte, nach dem letzten Reinfall die Finger von Männern zu lassen.

»Und, Ines? Hast du schon einen heißen Kerl entdeckt?« Nadine folgte neugierig meinem Blick.

»Nein«, antwortete ich gelangweilt. »Ich bin ja nicht auf der Suche. Außerdem sehen alle gleich aus. Sie tragen Vollbart, sind durchtrainiert wie He-Man, binden die Haare zu einem Zopf hoch oder sie quetschen sich in Röhrenjeans, dass einem angst und bange wird, vor Sorge, dass die Nähte reißen.«

»Ich stimme dir da voll und ganz zu. Röhre bei Männern geht gar nicht.«

Kai und ich nickten beipflichtend.

»Wo ist denn nu dein Neuer?«, fragte ich voller Neugierde und schaute mich bereits um.

»Der holt gerade Getränke. Er müsste jeden Augenblick zurück sein.«

»Und jetzt erzähl mal, Frau Ines Meinhardt – Business Project Managerin. Wie fühlt sich das an?«

»In spe«, verbesserte ich meine Freundin. »Besser gesagt ab Montag. Ich kann es kaum fassen. Managerin.« Ehrfürchtig, als könnte dieses Wort zerbrechen, wagte ich allerhöchstens, es zu hauchen. Als Frau eine derartige Führungsposition in einer renommierten expandierenden Firma innezuhaben, hatte schon Seltenheitspotenzial. Aber ab Montag gehörte dieser Posten mir ganz allein. Harte Arbeit, zahlreiche Überstunden sowie Sonderprojekte zahlten sich schließlich aus. »Es fühlt sich besser an als Sex«, sagte ich im Brustton der Überzeugung.

»Pff, komm schon, das kannst du erzählen, wem du willst«, meinte Nadine verachtend.

»Gib es zu, du hast dich hochgeschlafen.« Wenn nicht just in diesem Moment Kais Neuer mit vier frischen Cocktails um die Ecke gekommen wäre, hätte ich Kai aus dem Club gezerrt. Sicher, für mich wäre es keine Herausforderung gewesen, mich durch die Chefetage zu schlafen, aber ehrlich gesagt waren die meisten steinalt, fett und unansehnlich. Also musste ich einen anderen Weg gehen. Mein Durchsetzungsvermögen und spitze Ellenbogen waren meine besten Freunde und verhalfen mir zu diesem begehrten und gut bezahlten Job. Außerdem hatte ich immer gewusst, wie ich mein Dekolleté einzusetzen hatte, auch wenn es mir zuwider war. Männer waren doch alle gleich, ob jung oder alt.

Kais Freund erwies sich als überaus attraktiv, aber für die Frauenwelt leider verloren.

»Das ist Steven.« Zärtlich fuhr Kai ihm über den Arm, als er sich neben ihn setzte.

»Hi. Ich bin Ines«, stellte ich mich vor.

Er beugte sich etwas zu mir herunter, damit ich ihn besser verstehen konnte. »Kai hat mir erzählt, dass du Grund zu feiern hast. Ich gratuliere dir zu deinem Karrieresprung.«

Demonstrativ hielt mir Steven sein bauchiges Glas mit tropischen Früchten als Verzierung hin und prostete mir lächelnd zu.

»Dass die netten Männer aber auch immer schon vergeben sind.« Ich zwinkerte Kai zu.

»Mach dir bloß keine falschen Hoffnungen, meine Liebe. Steven gehört zu mir.« Absichtlich lehnte er sich an den starken Leib seines Freundes, während Steven seine perfekten weißen Zähne zeigte. »Wie kommen deine Kollegen damit zurecht? Die Kehrseite deines Erfolgs sind doch wahrscheinlich Neid, Eifersucht und Missgunst. Vielleicht sogar Hass? Es gibt unter der Belegschaft bestimmt den einen oder anderen, der dich in die Hölle wünscht.«

Steven traf genau ins Schwarze. Als ich vor drei Jahren in die Firma eingestiegen war, die Kosmetika produzierte, und bei einem Meeting die Idee vorgestellt hatte, die Nische der Naturkosmetik auszubauen, wurde ich lediglich mit einem Schmunzeln bedacht und nicht wirklich ernst genommen. Doch ich blieb beharrlich und erntete bald darauf Erfolg. Es hat sich ausgezahlt, nun boomt die Sparte, weil die Menschen immer mehr auf Nachhaltigkeit achtgaben und auf Mikroplastik in Cremes verzichteten. Und auf einmal wurde ich von einzelnen Kollegen als *gefährlich* eingestuft. Um jeden Tag den Spießrutenlauf im Büro zu überstehen, brauchte man mehr als das Talent, auf High Heels zu laufen. »Man stumpft ab, glaub mir«, erklärte ich lapidar. Die laute Musik machte es kaum möglich, eine Unterhaltung zu führen, ohne sich anzuschreien. Viel lieber wollte ich tanzen. »Ist doch egal. Genug von der Arbeit. Es ist Wochenende. Wer kommt mit?«, fragte ich in die Runde. Abrupt stand ich auf und zog Nadine mit auf die Tanzfläche.

Sofort war ich eins mit dem Song und hob die Hände befreit in die Höhe. Der Bass wummerte in meinem Magen, und blitzende Laserspots zuckten durch die Halle.

Irgendwann wechselte die Musik und ich deutete Nadine mit einem Kopfnicken an, dass ich etwas trinken wollte. Gerade als wir die Tanzfläche verließen, stand er vor mir. Groß, schlank, schwarze Haare. Das Gesicht rasiert, Brillenträger, seine blauen Augen leuchteten wie ein dämmriger, kalter Wintertag. Ansonsten war er ziemlich durchschnittlich. Ich stieß Nadine von der Seite an. »Kennst du den?« Möglichst unauffällig zeigte ich auf den fremden Typen.

Sie schüttelte den Kopf. »Nee, noch nie gesehen.«

Ich fragte Kai, als wir zurück an unserem Platz waren, aber er verneinte ebenfalls.

»Was hältst du von dem?« Nadine zeigte auf einen Kerl, der mir auf Anhieb unsympathisch war.

Mein Blick wanderte immer wieder zu dem Mann mit diesen blauen Augen. Irgendetwas faszinierte mich an ihm. Er wirkte vertraut auf mich, obwohl ich ihn noch nie gesehen hatte, oder doch?

»Der?« Nadine sah mich verblüfft an. »Er ist so … normal.« Sie neigte den Kopf zur Seite.

»Och, ich finde ihn … ganz süß.« Bei dieser Aussage heimste sich Kai einen Hieb von seinem Steven ein.

»Süß? Der trägt ne Brille.«

»Mein Gott, seid ihr oberflächlich«, warf ich ihnen mit einem Hauch Selbstironie vor.

»Okay. Sprich ihn an«, forderte mich Nadine auf.

Ich überlegte kurz. Weshalb eigentlich nicht? Eine flüchtige Bekanntschaft. Wir lernten uns kennen, ich merkte, dass er nicht zu mir passte, und verabschiedete mich wieder.

»Warum so zurückhaltend?«, meinte Nadine. »Jetzt bist du mal an der Reihe. Denk an die Zeit, als man dir übel mitgespielt hat.«

Das war mein Schlagwort. Wie ein Daumenkino liefen Bilder aus meiner Vergangenheit vor meinen Augen ab und formten mich in die gefühlskalte Ines. Ähnlich wie sich Bruce Banner zu dem grünen Monster Hulk verwandelte, wenn er wütend wurde. »Ihr habt recht.« Ich legte mir bereits einen geeigneten Satz parat, um ihn anzusprechen.

»Ich denke nicht, dass er darauf anspringt«, sagte Kai. »Der sieht so brav aus.«

Nadine musterte ihn nachdenklich. »Er ist bestimmt verheiratet und hat einen Stall voll Kinder.«

Jetzt wurde es immer interessanter. Einen verheirateten Mann abzuschleppen, wäre selbst für mich neu.

»Wann genau bist du eigentlich so geworden?«, fragte Nadine, als sie meine Begeisterung bemerkte.

»Wenn du es wissen willst, vor exakt drei Jahren, drei Wochen und drei Tagen. Gibt mir zehn Minuten.« Anmutig schritt ich zu meinem Zeitvertreib.

Mein Herz klopfte, als ich mich dem Mann näherte. Er stand an einem Stehtisch und hielt ein Glas in der Hand. Bis jetzt schien er mich noch nicht beachtet zu haben, aber das würde er gleich. Absichtlich rempelte ich ihn an, sodass der Inhalt seines Getränks überschwappte.

»Oh, es tut mir so leid. Ich muss Sie wohl übersehen haben.« Ich setzte ein fürsorgliches Gesicht auf, zusätzlich überprüfte ich, ob er nichts abbekommen hatte.

Wie aus Reflex machte er einen Schritt zurück. »Alles gut«, versicherte er mir und sah an sich herunter. Erst als er seinen Blick auf mich richtete, glättete sich seine Stirn, und ein Lächeln umspielte seine Lippen. »Kann passieren.«

Seine blauen Augen strahlten mich an und ich konnte mühelos darin versinken. Mein Gewissen meldete sich und sagte mir, ich sollte die ganze Sache abblasen. Ich drehte den Kopf zu meinen Freunden, aber die animierten mich mit Gesten dranzubleiben. Rasch widmete ich meine Aufmerksamkeit wieder dem Mann, damit er nicht bemerkte, dass wir beobachtet wurden. »Kann ich Sie vielleicht auf einen Drink einladen? Immerhin ist es meine Schuld, dass Sie alles verschüttet haben.«

»Nein, schon gut, ich wollte gerade gehen.«

»Oh, das ist aber schade«, sagte ich betont enttäuscht.

Er beugte sich etwas runter zu mir, und eine angenehme Duftwolke seines Aftershaves hüllte mich ein. »Mein Taxi kommt gleich. Ansonsten hätte ich Ihr Angebot gerne angenommen.«

Sofort stellten sich meine Nackenhaare auf, als seine tiefe Stimme in mein Ohr drang.

»Dann sagen Sie es ab«, schlug ich vor. »Ich fahre Sie heim.« Eine bessere Vorlage hätte er mir gar nicht geben können.

Zögernd musterte er mich, und im ersten Moment dachte ich, er würde mir eine Abfuhr erteilen, aber dann nickte er und lächelte mich an.

Unter Protest nahm ich den Geldschein an, den er mir hinhielt, um etwas zu trinken zu besorgen. Schließlich schuldete ich ihm ein Getränk und nicht er mir. Aber immerhin konnte ich ihn davon überzeugen, dass ich an die Theke gehe.

Mit einer Flasche Bier für ihn und einem Glas Wasser für mich stießen wir an.

»Simon«, stellte er sich vor.

Sollte ich meinen Plan wirklich durchziehen? Für eine kleine Bedenkzeit steckte ich die Nase in das Glas und nippte mehrmals. Simon war nett, sah nicht schlecht aus und er wirkte interessiert. Ich hatte also leichtes Spiel.

»Hast du auch einen Namen?«, fragte er geduldig, als wäre es völlig normal, derart lange zu brauchen, sich vorzustellen.

»Michelle«, log ich, leerte das Glas in einem Zug und wünschte mir, das Wasser wäre Schnaps.

»Ich habe dich in dem Club noch nie gesehen«, erwähnte ich beiläufig und startete den Wagen. Wir hatten uns entschieden, unsere Unterhaltung bei ihm zu Hause fortzuführen, weil uns die Musik zwang, uns anzuschreien.

»Eigentlich wollte ich nur etwas trinken gehen, aber irgendwie bin ich hier gelandet.« Simon schnallte sich an und legte seine gepflegten Hände auf die Beine.

»Dann war es eine glückliche Fügung, dass du das Geld für ein Taxi sparen konntest.« Ich bedachte ihn mit einem kurzen Seitenblick, konzentrierte mich aber gleich wieder auf die Straße.

Simons Kopf fuhr herum. »Du glaubst doch nicht wirklich an schicksalhafte Ereignisse?« Seine Mundwinkel zuckten.

Ich wiegte den Kopf hin und her. »Vielleicht ein kleines bisschen.« Zur Verdeutlichung spreizte ich Daumen und Zeigefinger ein paar Zentimeter voneinander ab. »Ich bin eher abergläubisch. Ich gehe nicht unter Leitern durch und klopfe dem Schornsteinfeger auf die Schulter. Und bei Sternschnuppen wünsche ich mir was.«

Glück hatte mir das aber noch nie gebracht, eher im Gegenteil. Außerdem lag es schon eine gefühlte Ewigkeit zurück, dass ich einen Schornsteinfeger gesehen hatte. Als Kind hatte ich fest daran geglaubt. Vielleicht sollte ich diesen Unsinn überdenken.

»Was machst du, wenn dir eine schwarze Katze über den Weg läuft?«

Ich zuckte die Schultern. »Dann spucke ich auf einen Stein.«

Simon schenkte mir ein langes Lächeln.

Seine Wohnung befand sich in unmittelbarer Nähe des Clubs, aber in entgegengesetzter Richtung meines Viertels. Der Altbau mit seinem dunklen Treppenhaus wirkte nicht besonders anheimelnd auf mich, zudem war es zugig und roch nach Putzmittel. Simon lief behände die Stufen empor, als hätte er es besonders eilig. Ich folgte ihm ohne besondere Mühe.

Er schloss die grün gestrichene Holztür auf und führte mich in das Wohnzimmer. Die Einrichtung erwies sich als praktisch und schmucklos, was sein Singledasein unterstrich. Kein weiblicher Einfluss!

»Möchtest du einen Kaffee?«, fragte er mich. Seine Hände steckten in den Taschen seiner Jeans und er sah auf mich herab. Immer noch faszinierten mich seine Augen, die so klar wie ein einbrechender Winterabend waren. In stoischer Ruhe schüttelte ich den Kopf, stellte mich auf die Zehenspitzen und näherte mich seinem Gesicht. Meine Hände schlangen sich um seinen Nacken und so zog ich mich ein kleines bisschen höher. Zaghaft berührten sich unsere Lippen. Und als ich meinte, Simon würde meinen Kuss nicht erwidern, vergrub er die Hände in meinen Haaren und drückte meinen Körper fest an sich, öffnete seinen Mund und suchte spielerisch meine Zunge. Es dauerte nicht lange und wir landeten im Bett.

Kapitel 2

Übermüdet von der letzten Nacht pellte ich mich aus dem fremden Bett und zog meine achtlos hingeschmissene Kleidung an. Simon lag noch im Tiefschlaf zwischen den zerwühlten Laken und atmete gleichmäßig. Er wirkte absolut entspannt und vermutlich träumte er. Seine Augen bewegten sich unter seinen Lidern.

Seine Leidenschaft hatte mich zugegebenermaßen sehr überrascht. Er zeigte sich zärtlich und ungeniert zugleich. Und obwohl wir uns kaum kannten, hatte ich mich in seinen starken Armen sehr behütet gefühlt und konnte mich ohne Hemmungen fallen lassen. Trotzdem änderte der Abend nichts an meinem Vorhaben, ihn lediglich als One-Night-Stand abzuservieren. Schließlich hatten mein Herz und ich einen Deal geschlossen. Verlieben verboten! Keine Emotionen zulassen! Diesen Kerl abzuschleppen, war leichter als Rechnen in der ersten Klasse.

Sachte zog ich die Wohnungstür zu und eilte zu meinem Auto. Am Himmel quälte sich die Sonne durch die

Wolken, aber die dünne Schneedecke, die sich wie ein weißes Tuch über die verschlafene Stadt legte, hätte ich in der dunkelsten Nacht gesehen. Winzige Schneekristalle tanzten in der Luft und fielen federleicht auf mein Auto. Ich hasste Schnee.

Meine Sitzheizung wärmte mich, während ich von meinem bevorstehenden Urlaub träumte. Weniger als eine Woche noch, dann würde ich im knappen Bikini am Strand von Hawaii liegen. Uh, wie sehr ich mich darauf freute. Keinen dämlichen kalten Schnee, kein kitschiges Weihnachtsgedöns. Keine Familie.

Der Anrufbeantworter blinkte, als ich meine schlicht gehaltene Wohnung betrat. Ohne ihn abgehört zu haben, wusste ich, dass kein anderer als meine Schwester darauf gesprochen hatte. Später würde ich sie zurückrufen. Ganz sicher. Deprimiert stellte ich mich an mein Fenster und schaute auf die Stadt. Langsam erwachten die Menschen und hasteten über die Straßen.

Der Rausch der vergangenen Nacht verflüchtigte sich allmählich wie der nach einem ausgiebigen Shoppingtag. Die vollen Einkaufstüten, deren Inhalt plötzlich nicht mehr die Freude erweckte wie vor dem Kauf, landeten vergessen in der Ecke. Und ich jagte dem nächsten Kick nach, um mein Belohnungszentrum fröhlich zu stimmen. Genauso hatte ich Simon behandelt, als wäre er ein Fehlkauf. Bei dem Gedanken stöhnte ich. Ich sollte das nicht mehr tun. Nach und nach verwandelte ich mich von dem grünen Monster zurück in die funktionierende Ines, die sich der Arbeit zu einhundert Prozent widmete. Und schon vergaß ich die vergangene Nacht.

Quälende Kopfschmerzen und ein unaufhörlich klingelndes Telefon weckten mich aus dem Tiefschlaf. Schlaftrunken tastete ich mich zu meiner Festnetzstation. »Meinhardt«, meldete ich mich und schlurfte in die Küche. Mist, der Kühlschrank war leer.

»Ines. Hier ist Viktoria, deine Schwester. Falls du dich erinnerst.« Im Hintergrund vernahm ich Babygeschrei und andere Stimmen, die definitiv von ihren Hunderten Kindern stammten. Wie viele hatte sie mittlerweile? Drei, vier? Fünf? Vielleicht fiel es mir wieder ein, wenn dieser quälende Kopfschmerz endlich aufhörte.

»Hi, Schwesterlein«, flötete ich gespielt gut gelaunt in den Hörer.

»Sag mal, habe ich dich etwa gerade aus dem Schlaf gerissen? Es ist Viertel nach vier. Nachmittag.«

Überrascht schaute ich auf die Uhr. Oh mein Gott. Den halben Tag hatte ich bereits verschlafen. »Nee, bin schon seit ner Ewigkeit auf den Beinen«, flunkerte ich.

An ihrem missgelaunten Brummen hörte ich, dass sie mir nicht glaubte. »Das Baby ist schon seit heute Morgen fünf Uhr wach. Dein Leben hätte ich gerne mal. Aufstehen, wenn der Körper es möchte.«

Ich schnaubte innerlich. Natürlich. Jeder glaubte, ich hätte ein Bilderbuchleben ohne Tücken, ohne Probleme, ohne Vergangenheit. Dabei wusste meine Schwester es doch besser. »Viktoria«, mahnte ich knapp.

»Ich rufe an, weil ich mal hören möchte, ob du nun zu Weihnachten dein hübsches, verwöhntes Ärschchen hierher bewegst oder ob du eine auf gestresste, ungerecht bezahlte und absolut unabkömmliche Chefin machst und uns zu den Feiertagen wieder versetzt.«

Ich kniff die Augen zu. Dieses heikle Thema war direkt nach dem Aufstehen nichts für meine Nerven. »Ich fliege dieses Jahr leider weg. Müsste ich dir erzählt haben.«

»Nein, kann mich nicht erinnern. Seit drei Jahren redest du dich mit einem anderen Vorwand heraus. Dieses Jahr wäre es echt schön, wenn wir mit der Familie gemeinsam feiern. Deine Neffen und Nichten hast du schon ewig nicht mehr gesehen. Und alle jammern, weil sie ihre Tante vermissen.«

Natürlich jammerten sie, weil ich ihnen jedes Mal einen halben Spielzeugladen schenkte, wenn ich sie besuchte. Ich sah es ja ein. Mein letzter Anstandsbesuch lag tatsächlich lange zurück, aber statt Geschenken gab es immerhin per Post einen Umschlag mit Geld.

»Meine Zeit ist echt knapp«, rechtfertigte ich mich. »Im Februar sind noch ein paar Zeitfenster frei.«

»Im Februar.« Viktoria schnaubte verächtlich. »Mama und Papa hätten dich gerne mal wiedergesehen. Jünger werden sie beide nicht. Auch sie vermissen dich.«

»Ja, ich weiß«, gab ich zu. Mein Vater war Bankdirektor gewesen, bis zu der Bankpleite. Meine Mutter hatte als Kinderärztin mit einer eigenen Praxis gearbeitet. Genauso wie ich hatten sie sich der Arbeit verschrieben. Jetzt waren sie in Rente und feierten jedes Fest mit mehr Prunk, als die Renaissance zu bieten gehabt hatte. Wenn es irgendwie möglich war, umging ich diese Feierlichkeiten.

Das war nicht immer so gewesen. Es hatte Zeiten gegeben, da hatte ich mich schon Ende Oktober auf Weihnachten gefreut, aber vor drei Jahren hatte sich das rapide geändert. »Mama und Papa wissen, dass ich hart arbeite.« Mein Daumen und Zeigefinger fanden automatisch meine Nasenwurzel und massierten sie. Jetzt war es an der Zeit, das Gespräch zu beenden. »Hör zu. Ich wünsche dir schöne Feiertage. Dir, Peter und … deinen Kindern.«

»Henriette, Paul, Olivia, Severin und Tilda.«

Fünf. Natürlich. Viktoria und Peter hatten fünf Kinder. Ich hatte keine. »Ich melde mich.« Und dann drückte ich das Gespräch weg. Ich wagte einen kurzen Blick aus dem Fenster. Es schneite beharrlich weiter. Die Flocken waren bereits groß wie mein Daumennagel. Hoffentlich hörte es bald auf. Meine bohrenden Kopfschmerzen begleiteten mich hartnäckig und ich kuschelte mich unter meine Decke. Die eintreffenden Nachrichten auf meinem Handy ignorierte ich geflissentlich. Vermutlich plante Nadine die nächsten Tage. Später war früh genug, um zu wissen, was sie wollte.

Mitten in der Nacht wurde ich nicht nur von meinen grausamen Kopfschmerzen geweckt, sondern weil ich durstig war. Aus der Küche holte ich ein Glas Wasser. Als ich zurück ins Schlafzimmer kam und am Fenster stand, zog eine lange Sternschnuppe am Horizont vorbei. Mit Begeisterung beobachtete ich, wie der brennende Ball kurz hell aufflammte, um gleich darauf am Ende des

Horizonts zu verschwinden. Unwillkürlich schützte ich meine Augen, indem ich eine Hand wie einen Schild über meine Augenbrauen hielt. Schon war das Schauspiel vorbei und ich ärgerte mich, dass ich es versäumt hatte, mir etwas zu wünschen. Dann schaute ich auf meinen Wecker. Noch ein paar Stunden und ich würde *Business Project Managerin* werden. Mit einem Lächeln kuschelte ich mich zurück in mein Kissen und ignorierte meinen anhaltend dröhnenden Kopf.

Kapitel 3

Draußen war es schon hell, als ich die Augen öffnete. Eher zufällig schaute ich kurz nach der Uhrzeit und bekam einen Riesenschrecken. Oh Scheiße. »Ich habe verschlafen.« Wie von der Tarantel gestochen setzte ich mich auf und nahm den Wecker in die Hand, der es anscheinend versäumt hatte, mich zu wecken. Wie hypnotisiert starrte ich auf die unaufhaltbar weitertickenden Zeiger. Genau in einer halben Stunde würde das Meeting stattfinden. Und ich war noch ungeduscht, unfrisiert, ungeschminkt. Wenn das Glück mir irgendwie hold war, dann hatte es wenigstens aufgehört zu schneien. Ein Blick aus dem Fenster zerstörte diese Hoffnung. Natürlich nicht. Scheiße, Scheiße, Scheiße. Meterhoch lag bereits der Schnee und bedeckte die ganze Welt. Okay, Katzenwäsche. Gut, dass ich meinen Rock und meine Bluse schon vor Tagen für diesen wichtigen Tag bereitgelegt hatte. So schlüpfte ich in Windeseile hinein. Rasch bürstete ich meine Haare und band sie leger zu einem Knoten zusammen. Dezentes Make-up und ein Kaugummi für frischen Atem.

Die Straßen waren einigermaßen frei und gestreut, trotzdem schaffte ich es nicht mehr rechtzeitig ins Büro. Ich war zu spät. Trotz Glätte marschierte ich in meinen High Heels sicher durch den Schnee in das Firmengebäude. Zur Begrüßung heimste ich mir bereits fragende Blicke ein.

»Die Herrschaften warten bereits«, trug mir die Dame vom Empfang sorgenvoll zu.

Ich ignorierte sie und drückte den Fahrstuhlknopf. Ungeduldig beobachtete ich die zäh weiterlaufenden Zahlen, die das Stockwerk anzeigten. Ging das nicht schneller? Der helle Klingelschlag erlöste mich von der erdrückenden Warterei und ich sprang aus dieser schlecht gelüfteten Kabine. Während ich durch den Flur hastete, strich ich meinen Rock glatt und steckte eine gelöste Strähne hinter das Ohr. Brust raus, Rücken gerade. Ich legte eine Hand auf den Türgriff und marschierte rein.

»Entschuldigen Sie vielmals meine Verspätung, aber da draußen scheint die Welt unterzugehen.«

Die Stühle des großen ovalen Tisches waren vollzählig besetzt, nur meiner stand verwaist an seinem Platz. Zwanzig Augenpaare fixierten mich unverhohlen, als wäre ich Fred vom Jupiter.

»Frau Meinhardt, schön, dass Sie uns endlich beehren«, begrüßte mich Unternehmensinhaber und Oberhaupt Engelmey. Trotz seiner abgrundtief zynischen Bemerkung setzte ich mich auf meinen Stuhl und ignorierte das eine oder andere höhnische Grinsen. »Wir haben bereits ohne Sie angefangen und sind eigentlich schon so gut wie durch. Aber den für Sie wichtigsten Tagesordnungspunkt haben wir für den Schluss aufgehoben.«

Stolz saß ich auf meinem teuren lederbezogenen Stuhl und horchte auf seine Laudatio.

»... und deswegen halte ich es für richtig, dass sich Frau Meinhardt und Herr Hoffmann den Posten zunächst teilen.«

Meine Ohren dröhnten vor lauter Geklatsche und Gemurmel, während gleichzeitig mein Blut in den Adern Wellen schlug. Die Personen, die eben noch alle stumm auf ihren Stühlen gesessen hatten, schienen vor meinen Augen zu verschwimmen und drehten sich wie ein Karussell. Oder drehte ich mich? Meine pochenden Kopfschmerzen meldeten sich unweigerlich zurück, während ich im allerletzten Winkel meines verworrenen Gehirns nach dem Namen Hoffmann suchte.

»Herr Hoffmann, nur keine Scheu. Erheben Sie sich ruhig. Früher oder später wird Sie jeder kennenlernen«, sagte Engelmey.

Ein Stuhl rückte laut knarrend nach hinten und wie aus dem Nichts stand plötzlich ein Mann in der Runde. Groß, schlank, schwarze Haare. Sein Gesicht rasiert, Brillenträger, die blauen Augen leuchteten wie ein kalter Wintertag. Sonst: Durchschnitt. Mein Atem setzte aus. Meine Fluchtgedanken verwarf ich, ebenso die Idee einer vorgespielten Ohnmacht.

»Meine Damen und Herren. Das ist Simon Hoffmann. Ein außerordentlich erfolgreicher Mann mit ausgezeichneten Qualitäten. Er wird bis auf Weiteres in unserer Firma bleiben und ich hoffe auf gute Zusammenarbeit.«

Die ganze Belegschaft klatschte. Ich nicht. Engelmey forderte mich mit einer Handbewegung auf, mich ebenfalls zu erheben. »Frau Meinhardt, stehen Sie auf. Ich möchte Sie gerne vorstellen.« Es klang eher nach einem Befehl als nach einer freundlichen Bitte. Zur Verdeutlichung ruckte er mehrmals das Kinn nach vorn, wobei sein Doppelkinn achtlos mitschwang.

Wann endlich wachte ich aus diesem Horrortraum auf? Ich musste zu Hause in meinem Bett liegen und schlafen. Das war die einzige mögliche Erklärung. In Wirklichkeit hatte ich gar nicht verschlafen und ich stand auch nicht hier und stellte mich meinem One-Night-Stand vor, der mir gerade meinen Posten streitig machte. Nein. Das war alles zu absurd.

»Frau Meinhardt?« Engelmeys Frage ließ den Raum gefühlt vibrieren. Er duldete keine weiteren Aussetzer von mir.

Alle Augen richteten sich eindringlich auf mich. Im Zeitlupentempo erhob ich mich endlich und Simons und meine Blicke kreuzten sich. Mit erstarrter Miene nickte ich ihm kaum merklich zu. Sein Gesichtsausdruck wirkte unergründlich und versteinert, lediglich seine Augen funkelten mystisch und bereiteten mir Gänsehaut. Genauso wie vorletzte Nacht, als ich mich ihm voll und ganz hingegeben hatte. Und ich dachte, ich sähe ihn nie wieder.

»Herr Hoffmann. Das ist Ihre Kollegin Ines Meinhardt. Sie ist unsere Topmitarbeiterin. Ihr Wissen und die Erfahrung von Frau Meinhardt werden unsere Firma mit Sicherheit gut voranbringen. Frau Meinhardt zeigt Ihnen gleich das Büro und alles andere, was wichtig ist.

Meine Damen und Herren, dann wünsche ich Ihnen noch einen erfolgreichen Arbeitstag.«

Die Sitzung war geschlossen. Tosender Applaus erfüllte den Raum. Während alle meine Kollegen von dannen stürmten, stand ich immer noch wie zu einer Salzsäule erstarrt an meinem Fleck.

Dieser Teil war definitiv nicht so abgelaufen, wie ich mir das in Gedanken tausendmal ausgemalt hatte. Ich sollte *allein* diesen Posten besetzen. Von Teilen war nie die Rede gewesen.

»Herr Engelmey«, rief ich ihm eilig hinterher. Irgendwie schaffte ich es, meinen starren Körper in Bewegung zu setzen. »Herr Engelmey. Das … also. Ich …«, stammelte ich außer Atem und hielt ihn davon ab, in sein Büro zu verschwinden.

»Ja.« Er sah mich gespannt an.

Unauffällig musterte ich Simon, während ich nach den richtigen Worten suchte. Er krempelte gerade seine weißen Hemdsärmel etwas höher. Dadurch wirkte er viel sportlicher, was jedoch meinem Verstand nicht guttat. Rasch schaute ich weg, aber mein Gehirn ratterte erfolglos, mir fehlte es an zusammenhängenden Sätzen. Ich war sprachlos.

»Frau Meinhardt. Ich weiß, dass Sie etwas anderes erwartet haben. Seien Sie bitte nicht enttäuscht. Sie teilen sich lediglich die Arbeit mit Herrn Hoffmann. Zusammen werden Sie bestimmt das Beste für unsere Firma herausholen. Sehen Sie es als Vorteil. Sie brauchen jetzt nicht mehr so viele Überstunden zu machen.« Aufmunternd grinsend zog er ab.

Aber ich ließ mich nicht so einfach abwimmeln. »Herr Engelmey.« Grob hielt ich ihn an der Schulter zurück.

»Frau Meinhardt.« Die Art, wie er mich ansprach, verdeutlichte mir, dass er gereizt war. »Ich muss an die Firma denken«, fuhr er fort. »Sicher sind Sie die geeignetste Person für den Job, das will ich gar nicht abstreiten. Aber Sie sind eine Frau.«

Ich runzelte die Stirn. Ich hoffte, das hatte er nicht erst seit heute bemerkt.

»Sie sind in einem Alter, in dem man sich entscheiden muss. Ihre biologische Uhr.«

»Meine biologische Uhr?«, fragte ich verdutzt.

»Ja. Ticktack, ticktack.« Zur Veranschaulichung bewegte er seine zwei Zeigefinger im Rhythmus. »Wenn Sie schwanger werden, muss ich Sie vertreten lassen. Gute Führungskräfte sind selten, deswegen ist es nur tragbar, wenn Herr Hoffmann Ihnen über die Schulter guckt.«

»Meine biologische Uhr tickt nicht. Und ich habe auch nicht vor, sie ticken zu lassen.«

»Was nicht ist, kann ja noch werden. Jedenfalls möchte ich es mir nicht leisten, meine beste Mitarbeiterin zu verlieren, deswegen muss ich schauen, dass jeder zu jeder Zeit ersetzbar ist.« Engelmey zuckte unbeeindruckt mit den massigen Schultern. »So ist das nun mal im Geschäftsleben. Jeder ist sich selbst der Nächste. Es ist ja nichts gegen Sie.«

Ach nein. Nur gegen mein Geschlecht, oder was? Und weil wir Frauen schwanger werden?

Mit diesen Worten und einem breiten Grinsen verschwand er in sein angrenzendes Büro und ließ mich mit

Herrn Hoffmann allein. Jetzt bitte die Fingernägel eingefahren lassen. Ihm die Augen auszukratzen, wäre keine Option, auch wenn die Verlockung sehr groß war. Stattdessen starrte ich fassungslos meinen Kontrahenten an. Ohne eine Miene zu verziehen, stand er vor mir und wartete, dass ich ihm mein über die Jahre hinweg hart verkämpftes Leben hier in der Firma binnen eines Vormittags offenlegte. Ich zog an ihm vorbei und ließ ihn links liegen.

»Äh, warte mal«, rief er mir nach. »Hieß es nicht, du sollst mir alles zeigen?«

Abrupt blieb ich stehen. Dieser Kerl duzte mich doch bitte nicht? Ich drehte mich um und kollidierte mit seiner Brust. Sein Aftershave ließ Erinnerungen von unserer Nacht vor meinem inneren Auge ablaufen. Rasch schüttelte ich die Bilder weg. »Damit eins klar ist, Herr Hoffmann«, fauchte ich ihn an. »Wegen einer kurzen gemeinsamen ... Vergangenheit«, umschrieb ich meinen One-Night-Stand, »heißt das nicht, dass man gleich beim Du ist. Sie reden mich gefälligst mit Sie an.« Ich legte den Kopf in den Nacken und fixierte ihn. Ein eigentümliches Funkeln in seinen Augen und sein gering schätzendes Schnauben machten mich noch wütender.

»Gemeinsame Vergangenheit. Nett umschrieben, Michelle.«

Wie auf Knopfdruck erstarrte ich. Ein winziges Fünkchen Hoffnung, dass er diese kleine Lüge vergessen hatte, zerplatzte wie eine Seifenblase. Hastig zog ich Simon in mein Büro und schloss die Tür. Auf keinen Fall sollte irgendjemand etwas von diesem Vorfall mitbekommen. Ich kniff entkräftet die Augen zusammen. »Ich heiße Ines, okay?«, zischte ich leise. »Michelle war schlichtweg erfunden. Vergessen Sie diesen blöden Namen einfach. Wie alles andere auch.« Erschöpft ließ ich mich in meinen bequemen Lederstuhl fallen und stützte meinen schweren Kopf ab. Mit Schwung drehte ich mich in Richtung Fenster, weg von Simon. Draußen schneite es anhaltend und es sah so aus, als änderte sich das vorerst nicht.

»Dann war das alles erstunken und erlogen. Der Name, dein angeblicher Job …«

Mit Zeigefinger und Daumen massierte ich meine Nasenwurzel und schüttelte den Kopf. Was sollte ich dazu sagen? Immerhin wusste ich seinen Beruf auch nicht. Irgendwann, als wir noch im Club waren, hatte er mich danach gefragt und ich hatte behauptet, ich sei eine Bankangestellte.

»Ich hatte mich echt auf einen Kaffee mit dir gefreut. Als ich wach wurde, warst du über alle Berge.«

»Das war nicht abgesprochen«, stellte ich nüchtern klar, den Blick nach draußen geheftet.

»Ziehst du das immer so ab?«

»Es war ein One-Night-Stand. Was das ist, brauch ich doch nicht zu erklären.«

»Mir ist schon bewusst, was das ist, aber einfach so zu verschwinden … Ohne ein Sterbenswörtchen. Ohne Telefonnummer.«

»Ich hatte nicht vor, mit Ihnen anzubandeln.«

»Dann wolltest du nur Sex.«

Triumphierend riss ich die Augen auf. Ich zeigte ihm beide Daumen nach oben und grinste breit.

»Du bist ja abgebrühter als jeder Kerl.«

»Ach, wenn Typen das abziehen, dann ist das okay, aber wenn Frauen das machen, dann sind wir gleich Schlampen, Nutten … und was weiß ich.«

»Nein, ich finde, dass beide nicht das Recht haben, auf den Gefühlen anderer herum …«

Die Bürotür sprang auf und Engelmey kam mit einer Seelenruhe hereinspaziert. »Ah, wie ich sehe, sind Sie schon fleißig. Schön, schön. Gleich kommen die Möbelpacker und bringen Ihren Schreibtisch und was alles dazugehört. Frau Meinhardt, Ihr Büro ist geradezu prädestiniert, um noch jemanden aufzunehmen. Und der Ausblick. Grandios.« Engelmey stellte sich dicht an das bodentiefe Fenster, steckte die Hände in die Hosentaschen und schaute hinaus. »Es schneit immer noch. Dann können wir uns dieses Jahr auf weiße Weihnachten freuen.« Mit einem Schmunzeln verabschiedete er sich.

Kurz wartete ich, dann verschwand ich auf die Toilette, ohne Simon eines weiteren Blickes zu würdigen.

Auf dem Damenklo prüfte ich, ob ich allein war, zückte mein Handy und rief Nadine an.

»Scheiße, Ines, meine Süße. Ich habe schon gehört. Hat sich wie ein Lauffeuer rumgesprochen. Was genau ist passiert?« Nadines aufgeregte Stimme hallte laut an meinem Ohr. Na, großartig. Jetzt war es schon bis runter in die Buchhaltung gelangt. Bald wusste es die ganze Welt.

Ich drückte den Rücken dicht an die kühlen Fliesen und sank zu Boden, bis ich schließlich saß. Die freie

Hand legte ich auf meine Stirn und fing furchtbar an zu schniefen. »Dieser Mistkerl hat mich voll auflaufen lassen. Nur weil ich eine Frau bin, hat er mir einen Typen vor die Nase gesetzt. Ich schwöre dir, wenn ich ein Mann wäre, hätte er das nie gemacht.« Dicke Tränen rollten abwärts auf meine teure Bluse und hinterließen nasse Spuren. »Ich habe so hart gearbeitet. Alles umsonst.« Mit einem Taschentuch tupfte ich mir die Nase trocken.

»Beruhig dich erst mal. Scheiße, darf der Engelmey das überhaupt? Und ist das nicht diskriminierend?«

Ich schnaubte. »Er ist unser Boss. Er ist die Firma. Er kann tun und lassen, was er will.« Diskriminierend? Natürlich war es das.

»Erzähl doch mal, hast du schon mit dem Neuen gesprochen? Er soll ja voll der Überflieger sein.«

»Du kennst ihn.«

»Hä? Nein. Woher? Was ich so gehört habe, ist er neu in der Stadt und erst seit heute in der Firma.«

»Kannst du dich an Freitagnacht erinnern?«, fragte ich und stand dabei umständlich vom Boden auf. Mein Ebenbild schaute mich verheult und zerbrechlich aus dem Spiegel an. Schrecklich, diese verquollenen Augen und mein gerötetes Gesicht. Ich rettete, was zu retten war, und breitete meine Schminkutensilien aus.

»Sicher, ich bin zwar nicht so clever wie du, aber den Abend habe ich nicht vergessen.«

»Dunkelhaarig, Brillenträger. Eigentlich gar nicht mein Typ«, half ich ihr auf die Sprünge.

Am anderen Ende der Leitung herrschte Stille. Nadine überlegte. »Der Kerl, mit dem du nach Hause gegangen bist? Der mit der Brille? Der, bei dem ich noch gesagt habe, er ist vermutlich verheiratet und …«

»… und dass er einen Stall voll Kinder hat«, vervollständigte ich ihren Satz.

»Ja, genau der.«

»Was ist mit dem?«

»Er ist es«, sagte ich nachdrücklich. »Mein One-Night-Stand ist Simon Hoffmann. Der Neue in der Firma. Ich werde ab heute mein Büro mit ihm teilen.« Ich konnte es selbst noch nicht glauben.

Wieder herrschte Stille. Erst nach einer gefühlten Ewigkeit fand Nadine ihre Sprache wieder. »Scheiße, das glaube ich nicht.«

»Ich auch nicht, aber es ist so.« Vorsichtshalber schaute ich mich um, damit ich mir wirklich sicher war, dass sich niemand auf der Toilette befand. Schließlich flüsterte ich: »Er hat mich Michelle genannt.«

Nadine kicherte leise.

»Haha, das ist überhaupt nicht witzig.«

»Nein. Entschuldige. Ist es wirklich nicht. Ich würde sagen, alles Weitere besprechen wir in der Kantine heute Mittag.«

»Um Gottes willen. Nein. Wir gehen lieber zum *Bosi*. Ich ertrage es nicht, wenn Simon auch noch mit mir zu Mittag isst.«

Kapitel 4

Als ich zurück in mein Büro kam, herrschte pures Durcheinander. Möbelpacker schoben einen schweren Schreibtisch von einer Ecke in die andere, und nie fanden sie den geeigneten Platz.

»Nein. Lieber doch wieder dorthin, wo er vorher stand«, kommandierte Simon.

Moment mal. Das war mein Büro und *ich* hatte hier das Sagen. »Stellen Sie den Tisch bitte hier hin.« Demonstrativ zeigte ich auf die geeignetste Stelle. Nämlich in der abgelegensten Ecke des Raumes.

»Da ist es am dunkelsten«, widersprach Simon und drehte sich um die eigene Achse, um sich erneut ein Bild zu machen.

Wutentbrannt platzierte ich mich vor meinen Feind, stemmte die Arme in die Hüfte und funkelte ihn an. »Es ist mein Büro. *Ich* bestimme, wo der Schreibtisch steht. Verstanden?«

Regungslos blickte er auf mich herab, sagte kein Wort. Schier endlose Sekunden hielt er meinem Blick stand, bis er sich unbeeindruckt wegdrehte. Es schien, als prallte meine ganze Feindseligkeit an seinem hochglänzenden Saubermann-Image ab wie gleiche Magnetpole. Nun widmete er sich anderen Dingen und ignorierte mich offensichtlich.

Die Möbelpacker zuckten gleichgültig die Schultern und befolgten meine Anordnungen. Aufgebracht pochte mein Herz bis in den Hals.

Nachdem ich mich ein bisschen beruhigt hatte, setzte ich mich an meinen Arbeitsplatz und gaffte auf den Bildschirm. Ich war derart unkonzentriert, an Arbeit war nicht zu denken. Zu oft erwischte ich mich dabei, wie mein Blick in Simons Richtung wanderte. Seine schwarzen Haare waren in Perfektion frisiert, die Hemdsärmel immer noch bis zu den Ellenbogen hochgekrempelt, was seine außerordentlich gut geformten Unterarme zur Geltung brachte. Die blauen Augen richtete er konzentriert auf seinen Bildschirm. Er wirkte angespannt, und wahrscheinlich unbewusst presste er seine wohlgeformten Lippen zu einem schmalen Strich aufeinander. Im Grunde sah er gar nicht schlecht aus. Er könnte mehr aus sich machen. Definitiv. Er könnte seine Brille ablegen und Kontaktlinsen tragen, seine Haare nicht so streng frisieren.

Nach meiner zickigen und unmissverständlichen Ansage sprach er kaum noch mit mir, außer es war unabdingbar. So waren wenigstens die Fronten geklärt.

»Ich gehe dann mal in die Mittagspause«, erklärte ich knapp und griff nach meinem Cashmere-Mantel.

»Wo kann man denn hier essen gehen?«

»Es gibt eine Kantine im dritten Stock. Sehr empfehlenswert.«

»Gehen Sie nicht hin?«

Na bitte. Was ein kleines Wörtchen alles bewirkte. Die Hierarchie war wiederhergestellt. »Ich wüsste zwar nicht, was Sie das angeht, aber nein. Ich esse heute auswärts.« Bevor ich verschwand, schenkte ich ihm noch ein gespieltes Lächeln.

Ich schlang den Mantel eng um meine Taille und wappnete mich gegen den anhaltenden Schneesturm. Das *Bosi* lag direkt gegenüber unserer Firma. Dort gab es alles, was das Herz begehrte, und das stets schnell. Außerdem mochte ich das Lokal, weil sich der Inhaber genauso wenig für Weihnachten interessierte wie ich. Zu jeder Jahreszeit sah es hier gleich aus. Schlicht und ungeschmückt.

Völlig durchgefroren begrüßte ich im Vorbeimarsch die Bedienung hinter dem Tresen, die mich zurückgrüßte. Da wir mindestens ein, zwei Mal die Woche zum Mittag einkehrten, war eine freundliche Begrüßungsfloskel unumgänglich.

Nadine saß schon auf einem freien Platz und winkte aufgeregt. »Ines.«

Zielstrebig lief ich zu ihr. »Was für ein Mistwetter«, fluchte ich und streifte meinen durchnässten Mantel ab.

»Es ist Dezember. Da schneit's schon mal«, erinnerte sie mich schmunzelnd.

Nachdem ich Platz genommen hatte, stellte ich fest, dass Bosi dieses Jahr zu Weihnachten seinen guten Geschmack, was die Dekoration anbelangte, abgelegt hatte. Auf jedem Tisch stand eine Kerze, umlegt mit Tannenzweigen, Nüssen und Tannenzapfen. Die Servietten waren passend zur Jahreszeit bedruckt, mit einem fetten Weihnachtsmann mit Rauschebart und Glocke in der Hand. Auf Anhieb fühlte ich mich unwohl. »Was hat sich Bosi nur dabei gedacht?«, fragte ich fassungslos.

»Der gute Mann muss sich anpassen. Die Leute lieben diesen Schnickschnack. Er will sein Konzept überdenken. Jedenfalls hat er mir das so erzählt. Ich war so frei und habe für dich schon bestellt. Einen Salat mit Putenstreifen. Ich hoffe, es war die richtige Wahl.«

An einem normalen Tag schon, aber nicht an einem Tag wie diesem. »Heute könnte ich eine Portion Pommes verdrücken. Mit ganz viel Mayo und einer eiskalten Cola.« Irgendwas stimmte doch nicht. War das etwa eine Farce gegen mich? Verstört ließ ich den Blick durch den Raum schweifen.

»Ines. Tut mir leid, dass ich das sagen muss, aber du siehst richtig scheiße aus.« Nadine sah mich prüfend an und klappte die Speisekarte zu, die sie noch vor sich offen liegen hatte.

»Danke für die Blumen. Ich fühle mich auch so.« Und noch viel schlimmer.

»Und jetzt erzähl«, feuerte mich meine Freundin an und stellte ihre Antennen auf *sehr interessiert.*

Ich berichtete ihr ausnahmslos alles von der Nacht mit Simon und von heute, bis hin zu meiner strikten Rangordnung, wer das Sagen hatte. »Seitdem meidet er mich und redet nur mit mir, wenn es wirklich nicht anders geht.«

Nadine musterte mich eingehend. Ihre perfekt geformten Augenbrauen zogen sich zusammen. »Hast du etwa ein schlechtes Gewissen?«

»Nein!«, antwortete ich sofort. »Der Kerl will mir meinen Posten streitig machen. Ich frage mich nur, ob ich genauso eklig zu ihm wäre, wenn wir ... na ja, wenn wir nicht miteinander geschlafen hätten. Wenn er einfach ein ganz normaler Fremder wäre.« Ich vergrub mein Gesicht in den Händen. Dieser verdammte Abend, wenn ich ihn doch einfach ausradieren könnte.

»Ehrlich gesagt bezweifle ich das. Das liegt doch gar nicht in deiner Natur. Mach ihn nieder. Er ist ein Scheißmann, der dir verdammt noch mal deinen Scheißbürostuhl wegnehmen will.«

»Du hast vollkommen recht«, stimmte ich zu und verwarf meine Bedenken. »Was will er außerdem hier? In einer Kosmetikfirma. Der Kerl kennt doch noch nicht einmal den Unterschied zwischen Mascara und Wimperntusche.«

»Ja«, gab Nadine mir recht und bekräftigte meine Aussage mit einem Kopfnicken.

Schließlich ging es hier um mich.

Trotzdem stocherte ich leidenschaftslos mit der Gabel in meinem Salat. Hunger verspürte ich kaum. Mir gingen tausend Sachen durch den Kopf, die sich einfach nicht zusammenfassen ließen. »Sag mal, hast du eigentlich irgendwas von dieser seltsamen Sternschnuppe gehört?«, warf ich irgendwann ein.

»Was denn für ne Sternschnuppe?« Ihr Gesicht verzog sich, als sie in ihren Veggieburger biss.

»Von heute Nacht. Der Himmel war hell erleuchtet. Es wird doch irgendein Radiosender davon berichtet haben oder irgendeine Zeitung. Fernsehen …«, zählte ich auf.

Kopfschüttelnd verneinte sie meine Frage. »Nichts mitbekommen.«

»Okay«, sagte ich verwundert und runzelte die Stirn.

Eine halbe Stunde Mittagspause war gleichzusetzen mit kurz im Internet surfen oder einem Lidschlag. Zack, schon vorbei.

Wir gingen gemeinsam zurück in unser Bürogebäude. Im zweiten Stock verabschiedeten wir uns. Für Nadine endete die Aufzugfahrt. Mit Bauchschmerzen fuhr ich weiter in meine Etage. Als die Fahrstuhlklingel ertönte, hegte ich für einen kurzen Augenblick die Idee, einfach weiterzufahren, aber natürlich verwarf ich den Gedanken.

Ohne Rücksicht und ohne anzuklopfen, polterte ich in mein Büro. Simon saß an seinem Platz und sah wie hypnotisiert auf den Bildschirm. Er quälte sich ein leises, schales »Hallo« über die Lippen, würdigte mich aber keines Blickes.

»Hallo«, antwortete ich spitz. Während es draußen nur kalt war, saßen wir hier in einer Eishöhle. Die Atmosphäre fühlte sich extrem frostig an.

Ich ging meiner Arbeit nach. Beantwortete E-Mails, telefonierte oder versuchte, durch Gedankenübertragung Simon davon zu überzeugen, seine Sachen zu packen und nach Hause zu fahren. Ab und zu vernahm ich ein tiefes Stöhnen von ihm, meistens dann, wenn er sich erschöpft über die Augen fuhr. Vorher nahm er dann die Brille ab. Draußen dämmerte es bereits. In ein paar Stunden würde ich Feierabend machen, aber nicht, bevor Simon gegangen war. Keinesfalls dürfte er länger im Büro sein als ich. Ich traute ihm keine fünf Meter über den Weg.

Er schien unkonzentriert zu sein. Je weiter der Abend fortschritt, desto öfter streckte er sich auf seinem Stuhl oder stand auf und schaute aus dem Fenster. So bekam man seine teuer bezahlte Arbeitszeit natürlich auch rum. Was für ein Weichei.

»Es schneit immer noch«, sagte er in die Stille hinein. »Laut Wetterprognose wird sich daran nichts ändern.«

Ich antwortete nicht, stattdessen wählte ich eine Telefonnummer, in der Hoffnung, er hörte auf mich vollzuquatschen. Nach mehreren Freizeichen musste ich feststellen, dass Nadine nicht ranging. Es war bereits halb acht, als ich auf die Uhr schaute. Sie müsste längst zu Hause sein.

»Wenn es nichts mehr zu besprechen gibt, dann mache ich jetzt Schluss.« Auffordernd schaute er mich an, seine Jacke hatte er sich bereits über den Arm gelegt.

Mit einer Hand bedeutete ich ihm, dass ich ihn verstanden hatte, sah aber weiter auf meinen Bildschirm.

Im Augenwinkel bemerkte ich, wie Simon mich zögernd musterte, als wägte er ab, ob ich noch etwas zu sagen hatte. Dies war natürlich nicht der Fall. Also zog er hinter sich die Bürotür zu. Das »Bis Morgen« überhörte ich geflissentlich. Hoffentlich nicht. Im Flur hallten seine Schritte nach.

Stöhnend ließ ich mich zurück gegen meine Lehne fallen. Was für ein Tag. Heute hätte ich definitiv den Oskar für die zickigste Person aller Zeiten gewonnen. *Herzlichen Glückwunsch, Ines. Ganz toll hingekriegt.*

Eigentlich hätte ich schon vor einer Stunde gehen können, aber dieser Mensch hatte Sitzfleisch. Kurz wartete ich noch, ehe ich meinen PC ausschaltete und schließlich das Licht ausknipste.

Die Fahrt nach Hause glich einer Rutschpartie auf einer frisch präparierten Eisbahn. Obwohl die Streufahrzeuge Überstunden schoben, wurden sie der Schneemassen nicht Herr. Abgekämpft und durchgefroren kam ich in meiner Wohnung an, hörte gleich den Anrufbeantworter ab, während ich im Bad die Wanne volllaufen ließ und mein Verwöhn-Badeschaum großzügig in das Wasser goss. Glückwünsche rieselten von meinen Freunden, von meiner Schwester, von meinen Eltern, die ich per E-Mail und anderen Social-Media-Apps bereits erhalten hatte, vom Band. Doppelt hielt wohl besser. Danach fiel ich todmüde in mein kuscheliges Bett.

Kapitel 5

Aus reiner Vorsicht stellte ich mir meinen Wecker eine halbe Stunde früher als normal. Heute Nacht musste es zwar mal aufgehört haben zu schneien, aber als ich die Jalousie hochzog, tanzten unzählige Flocken Cha-Cha-Cha. Auf dem Weg zur Arbeit sendete ich unentwegt Stoßgebete gen Himmel, dass der Schneefall endlich ein Ende haben sollte, die aber nicht erhört wurden. Außerdem hoffte ich, dass Simon aufgegeben und ich mein Büro und meinen Posten wieder ganz für mich allein hatte. Dieser Gedanke hielt mich am Leben.

Mit gestrafften Schultern drückte ich die Klinke herunter und stolzierte in mein Büro. Zu meinem Unglück saß Simon bereits an seinem Platz und scrollte mit der Maus durch seinen PC. Brummig hängte ich meinen Cashmere-Mantel an den Haken und wünschte einen »Guten Morgen«, auch wenn es mir zuwider war. War der Kerl doch tatsächlich vor mir da.

»Guten Morgen.«

Noch bevor ich meinen PC hochfahren konnte, polterte Engelmey ins Büro.

»Frau Meinhardt, wenn Sie mir gleich mal Ihre wertvolle Zeit opfern könnten. Ich muss mit Ihnen etwas besprechen.« Und zu Simon gewandt sagte er im Honigkuchenton: »Herr Hoffmann, ich hoffe, Sie fühlen sich wohl bei uns.« Für ihn hatte er selbstverständlich ein Lächeln auf den Lippen, als betrachtete er gerade sein vollkommenes Wunschenkelkind. Für mich hatte er noch nicht einmal ein schnödes *Guten Morgen* übrig.

Simons ausdrucksloser Blick stahl sich für einen Wimpernschlag in meine Richtung. Ich wagte kaum zu atmen. Selbstverständlich lag es jetzt an ihm, mein egozentrisches Verhalten Engelmey kundzutun. Würde er es tun?

Ein liebenswertes Lächeln zog sich über sein rasiertes Gesicht, und seine Augen strahlten Fröhlichkeit statt Frust und Wut aus. »Ja. Alles bestens«, versicherte er glaubwürdig. Selbst ich hätte es ihm abgekauft.

Eine tonnenschwere Last fiel von mir ab und meine Muskeln entspannten.

»Das ist ja wunderbar. Sie sollten sich nämlich auf gar keinen Fall als Rivalen sehen. Sie sollen sich ergänzen. So, und nun, Frau Meinhardt, bitte ich Sie, in mein Büro zu kommen. Ach, und Herr Hoffmann …«, bevor er ging, wandte er sich nochmals an Simon. »… stellen Sie Ihren Schreibtisch direkt an den von Frau Meinhardt. Die Ecke ist viel zu dunkel. Ich sage meiner Sekretärin Bescheid. Sie kümmert sich drum.«

Während wir gemeinsam die ellenlangen Flure entlangliefen, zermarterte ich mir den Kopf, was Engelmey so Wichtiges mit mir zu besprechen hatte. Er wollte mich doch nicht feuern?

»Nehmen Sie Platz«, forderte er mich barsch auf, als wir in seinem Büro ankamen.

Formvollendet setzte ich mich auf den Besucherstuhl vor seinem riesigen Schreibtisch.

»Mir ist zu Ohren gekommen, dass Herr Hoffmann gestern Mittag auf der Suche nach der Kantine orientierungslos durch das Bürogebäude gegeistert ist. Frau Vogler hat ihn letztlich hingeführt.« Für einen Moment musterte mich Engelmey mit zusammengekniffenen Augen, als versuchte er herauszufinden, was in mir vorging. »Sie wissen, dass Frau Vogler meine Sekretärin ist?«, fragte er und sah mich gespannt an.

Innerlich rollte ich mit den Augen. Ich kam mir gerade so dumm vor. »Natürlich weiß ich das.« Und sie hatte Engelmey alles brühwarm erzählt.

»Mich wundert es, dass Herr Hoffmann Sie eben, als ich bei Ihnen im Büro war, geschützt hat.«

»Ich war verabredet«, rechtfertigte ich mich. »Ich habe ihm den Weg beschrieben.« Es kann doch nicht so schwierig sein, diese doofe Kantine zu finden.

»Ihre Aufgabe ist es, Herrn Hoffmann in die Firma zu integrieren. Ob er Ihnen sympathisch ist oder nicht, spielt dabei keine Rolle. Sie sollen ihn ja nicht heiraten. Erklären Sie ihm, was er wissen muss. Wo die einzelnen Abteilungen sind. Wo die Kantine ist. Zeigen Sie ihm, falls nötig, wie die verdammte Toilettenspülung funktioniert.« Engelmeys Kopf lief hochrot an, er bleckte kurz die Zähne und fuhr dann in einer Lautstärke fort, die die gesamte Firma beschallte: »Aber in Gottes Namen arbeiten Sie diesen Mann ein.«

Unwillkürlich zuckte ich zusammen, als das Echo in meinen Ohren klingelte. Kleinlaut legte ich meine eiskalten Hände in den Schoß und knetete sie. Meine Tränen hielt ich gekonnt zurück. Zu oft hatte ich in meinem Berufsleben mit Rückschlägen zurechtkommen müssen. Wenn ich eins gelernt hatte, dann die Tränen so lange aufzuhalten, bis ich allein war.

»Frau Meinhardt«, säuselte er plötzlich, als wäre sein Wutausbruch längst vergessen. »Zeigen Sie mir, was in Ihnen steckt, dass Sie besser sind als jeder andere hier. Ich bin zuversichtlich, mich nicht in Ihnen getäuscht zu haben.«

Trotz meiner Entmutigung nickte ich. Mein Hals brannte. Einen vernünftigen Ton herauszuquetschen, lag außerhalb meiner Vorstellungskraft.

»Dann noch einen schönen Arbeitstag, Frau Meinhardt.« Engelmey drehte sich weg und widmete sich anderen Dingen.

Mit gestrafftem Rücken verließ ich dieses Höllenzimmer und eilte zur Damentoilette. Wieder überprüfte ich alle Kabinen, um sicherzustellen, dass ich allein war. In eine schloss ich mich ein und heulte leise. Das gesamte Toilettenpapier brauchte ich auf. Gerade als ich beschloss, das WC zu verlassen, kamen zwei Frauen in den Raum, die sich angeregt unterhielten. Als wäre ich unsichtbar, kauerte ich weiter.

»Ich find ihn süß«, sagte die eine mit dunkler Stimme. »Die Meinhardt wird ihm schon zeigen, wie der Hase läuft. Die lässt sich das nicht gefallen. Da setzt Engelmey ihr einen Kerl vor die Nase.«

Beide lachten herzlos kühl.

»Die hat sicher schon ihre Krallen ausgefahren.« Diesmal war die Stimme etwas höher. Ich kramte in meinem Hirn und versuchte, den Frauen passende Gesichter zuzuordnen.

»Was meinst du? Wenn er nachher in der Kantine ist, sollten wir ihm an seinem Tisch Gesellschaft leisten?« Ich sah regelrecht ihren verschwörerischen Augenaufschlag.

Das könnte euch so passen.

Schuhgeklapper verriet, dass die beiden den Raum verließen. Doch die helle Stimme sagte, bevor die Tür ins Schloss fiel: »Stimmt es eigentlich, dass die Meinhardt ihr Baby abgetrieben hat?«

»Ich würde es ihr zutrauen.«

Es war das erste Mal, dass ich in meinen High Heels unsicher lief. Schwankend, fast wie betrunken, erreichte ich mein Büro. Ich öffnete die Tür. Simon sah mir direkt in die Augen. Er legte die Stirn in Falten, während er mich fragte: »Alles in Ordnung? Sie sehen blass aus.«

»Mir gehts gut.« Meine Stimme klang belegt. Unauffällig klammerte ich mich an den Bürostuhl und schluckte die ketzerischen Behauptungen der Kolleginnen herunter. Meine Kehle fühlte sich wie Schleifpapier an. Schließlich räusperte ich mich und wischte umständlich meine feuchten Hände am Kleid ab. Mit einer Menge Selbstbeherrschung forderte ich Simon freundlich auf:

»Ich würde Sie gerne der Belegschaft vorstellen. Wenn Sie möchten, fangen wir gleich an.«

Wir liefen eng nebeneinanderher, während ich ihm die typischen Bereiche zeigte, die es in jedem Unternehmen gab. Sein Aftershave hüllte mich wie der erste Kaffee am Morgen ein. Herb, unentbehrlich und süchtig machend.

»Hier befindet sich die Rechtsabteilung.«

Förmlich klopfte er an jede Tür und stellte sich kurz vor. Etwaige Fragen beantwortete er fix und aufgeschlossen. Ich hielt mich im Hintergrund und bewunderte im Stillen seine Souveränität.

Das Prozedere durchlief noch die Finanzabteilung und die Personalabteilung. Schlussendlich landeten wir in Nadines Büro.

»Hi, Süße. Uhhh. Wen hast du denn Interessantes mitgebracht?«

»Hallo, Nadine. Das ist Simon Hoffmann.«

»Simon Hoffmann«, wiederholte sie, während ihre Augen gespielt überrascht in meine Richtung wanderten. Sie streckte ihm die Hand hin, trällerte ihm ein »Hallöchen« zu und zwinkerte.

Simon schien Nadines Offenherzigkeit zu verschüchtern. Eine kaum wahrnehmbare Röte zog sich über sein Gesicht. Und meins glühte ebenfalls. Rasch schaltete ich mich ein, um Schlimmeres zu verhindern. »Sei mir nicht böse, Nadine, aber wir müssen. Herr Hoffmann ...«, aufmunternd nickte ich ihm zu und forderte ihn auf zu gehen.

»Ihr siezt euch?« Nadines Augen weiteten sich in nahezu absonderliche Größe, dabei zeigte sie im Wechsel mit ihrem Zeigefinger erst auf mich und dann auf Simon. »Ihr solltet wirklich mal miteinander reden. Die Förmlichkeit zwischen euch steht euch nicht. Ich meine, ihr hattet Sex!«

»Es wäre nett, wenn du es für dich behältst«, zischte ich. Ich blickte mich um, aber sonst saß niemand in dem Büro.

»Klar, eure Geheimnisse sind auch meine Geheimnisse. Ich sage nichts.« Sie presste die Lippen aufeinander und tat so, als verriegelte sie ihren Mund mit einem Schlüssel.

Nickend verabschiedete ich mich.

»Dann bis später. Lasst eure Finger bei euch.«

Ich stöhnte innerlich.

»Bis nachher in der Kantine«, rief Nadine uns noch hinterher.

Die Tür schnappte ins Schloss, erleichtert atmete ich aus. Ich hatte das dringende Bedürfnis, mich vor Simon für Nadine zu rechtfertigen. Nicht jeder kam mit ihrer direkten Art zurecht.

»Ich muss mich für meine Freundin entschuldigen. Sie plappert, wie es ihr gerade in den Sinn kommt. Aber eins können Sie mir glauben. Sie wird nichts erzählen. Die Sache bleibt unter uns.«

Seine Augen funkelten mystisch wie ein Schneekristall. »Von welcher *Sache*« – mit Gänsefüßchen in der Luft unterstrich er das Wort – »reden Sie genau?«

Ich stutzte. Natürlich war ich davon ausgegangen, dass er wusste, wovon ich sprach. »Ich … Na ja, …«, stammelte ich. Es fiel mir nicht besonders leicht, von unserer gemeinsamen Nacht zu reden.

»Keine Sorge«, unterbrach er mich, bevor ich die Chance bekam, Subjekt, Prädikat und Objekt in die richtige Reihenfolge zu bringen, »ich habe genauso wenig Interesse wie Sie, dass die *Sache*« – wieder malte er kleine Gänsefüßchen in die Luft – »ans Tageslicht kommt.« Demonstrativ ruckte er sein Kinn nach vorn und fixierte mich. Er war wütend!

»Wir sind fast durch«, lenkte ich ab und kehrte die unerschütterliche Geschäftsfrau heraus. »Nur noch die eine Abteilung und dann können wir Mittagspause machen.«

Er haftete seinen Blick stur auf mich. Seine Kieferknochen traten markant hervor, als kostete es ihn Mühe, sich zu beherrschen. Lange konnte ich ihm nicht standhalten.

Schuhgeklapper holte uns aus unserem vereisten Kosmos.

»Frau Meinhardt. Das ist ja nett, dass sich mal jemand aus der Chefetage sehen lässt.« Mit einem aufgesetzten Lächeln hielt mir eine Frau ihre Hand hin.

Die dunkle Stimme erkannte ich sofort als die aus dem Damenklo. Zugegeben, ich kannte diese schreckliche Person bisher gar nicht. Mir war schon oft aufgefallen, dass mich Beschäftigte mit Namen angesprochen hatten, ohne dass ich wusste, wer sie waren, geschweige denn, wie sie hießen.

Flink bedachte sie Simon mit einem verlockenden Augenaufschlag. »Freut mich, Sie kennenzulernen. Herr …«

»Hoffmann, Simon Hoffmann.«

Na prima, wenn dieser Wink nicht Absicht war. Mein Fehler, dass ich versäumt hatte, die beiden einander vorzustellen. Aber wie hätte ich das auch machen sollen, ohne den Namen dieser furchtbar gekleideten Person zu kennen. Was die nur trug. Verwaschene Jeans und einen einfachen Pullover. Schrecklich. Wenn Simon wenigstens einen Funken Geschmack hätte, fiele ihm das auf und er würde sie nicht so dämlich angrinsen. Ich konnte gar nicht hinsehen.

Gelangweilt schaute ich auf meine Uhr und tat übertrieben überrascht: »Ach, wie schnell die Zeit vergeht. Tja, dann würde ich mal sagen, wir gehen weiter.« Ich schenkte dieser geschmacklosen Frau ein aufgesetztes Lächeln und zog Simon am Ärmel fort.

Kapitel 6

Später, auf dem Weg in die Kantine, ließ ich die Vorstellungsrunde Revue passieren. Alle weiblichen Beschäftigten hatten an seinen Lippen gehangen und waren überaus begeistert gewesen. Und ich musste zugeben, sein Charme, seine Redegewandtheit und sein Lächeln steckten an. Außerdem kleidete er sich stilvoll. Über seinem Hemd hatte er sich einen flauschigen Pullover angezogen, dessen Farbe hervorragend zu seinen blauen Augen passte. Überhaupt hatte mich der Moment, in dem sich unsere Blicke in jener Nacht getroffen hatten, sofort elektrisiert, auch wenn ich diese Empfindung gleich auszusperren wusste. Ob ich deswegen mit ihm nach Hause gegangen war? Wegen seiner Augen? Ich würde alles tun, um diesen Fehler rückgängig zu machen.

Ansonsten trug er eine Anzughose, und das glatte Leder seiner Schuhe glänzte im diffusen Licht wie eine polierte Tahiti-Perle. Er wirkte immer sehr gepflegt.

Mein Gedankengang über Simons Aussehen wurde jäh gestört, als ich in die Kantine trat und feststellen musste, dass sich die Betreiber erdreistet hatten, einen kleinen, aber unübersehbaren Weihnachtsbaum aufzustellen. Ich versuchte, diesem glitzernden Monster keine Beachtung zu schenken. Während ich nach Nadine Ausschau hielt, sah ich von Weitem Simon, der gerade mit seinem gefüllten Tablett auf der Suche nach einem geeigneten Platz war. Hoffentlich kam er nicht auf die glorreiche Idee und setzte sich zu dieser schrecklichen Person mit der dunklen Stimme aus dem Damenklo. Brav reihte ich mich in die nur langsam schwindende Schlange der hungrigen Menschen ein, dabei beobachtete ich im Augenwinkel, wie sich eine Frau in Richtung Simon bewegte. Ungeduldig tippelte ich mit den Schuhen auf den Boden. Was dauerte denn hier so lange?

Der Blick des Kantinenmitarbeiters huschte nervös zu mir und meinen Mitstreitern, die ebenfalls fast den Hungertod erlitten. Wahrscheinlich bemerkte er meine Gereiztheit. Und jemanden aus der Chefetage zu verärgern, lag den Pächtern mehr als fern.

»Danke, ich verzichte auf den Nachtisch«, sagte ich spitz, als ich endlich an der Reihe war. Noch bevor diese falsche Natter an Simons Tisch ankommen konnte, eilte ich an ihr vorbei und nahm vor ihm Platz. Bestürzt zog sie schließlich ab und stolzierte woanders hin. Blöde Kuh. Wir hatten hier immerhin wichtige Dinge zu besprechen.

Simon musterte mich argwöhnisch, doch dann stahl sich ein kleines Lächeln auf seine Lippen. »Sie wussten, dass sich Susanne zu mir setzen wollte, und haben versucht, das zu vermeiden.«

Beinahe verschluckte ich mich an meinem stillen Wasser. Susanne? »Sie kennen sich bereits beim Namen? Beim Vornamen? Warum hat sie nicht gleich ihren Slip ausgezogen?«

Seine gehobenen Augenbrauen verrieten sein Entsetzen. Jetzt war Fingerspitzengefühl angesagt, um ihn aufzuklären. »Herr Hoffmann«, fing ich mit meiner Belehrung an. »In einer Führungsposition zu sein, bedeutet, seiner Belegschaft Respekt einzuflößen. Eine Distanz zwischen den Mitarbeitern einzuräumen, ist da unumgänglich, genauso wie eine zivilisierte Anrede. Bitte bewahren Sie die Umgangsformen, sonst tanzen uns bald alle auf der Nase herum.«

»Hallo, ihr Süßen«, begrüßte uns Nadine und gesellte sich zu uns. »Worüber redet ihr?«, fragte sie. Mit der Gabel spießte sie sich ein paar Nudeln auf und schaute uns unverhohlen an.

»Über die förmliche Anrede der Mitarbeiter«, antwortete Simon und grinste breit.

»Ach, Ines. Jetzt sei doch nicht so. Was ist schon dabei, seinen Arbeitskollegen zu duzen. Ihr seid so ein niedliches Paar.« Nadine ließ ihre Augenbrauen spielerisch hüpfen.

Ich spürte, wie mir das Blut in die Wangen schoss. »Ich möchte nur nicht, dass der Respekt verloren geht.«

Meine Freundin rollte mit den Augen. »Nehmt meinen Tipp an und redet miteinander, um das Thema abzuschließen. Schon mal über eine Paartherapie nachgedacht?«

»Wie hast du es eigentlich bis in die Buchhaltung geschafft?«, fragte ich bissig. Sie verstand noch nicht einmal, worum es hier eigentlich ging.

Mit zuckenden Schultern antwortete sie: »Ich habe mich hochgeschlafen, was denkst du denn? Irgendwann war dann aber Schluss. Mit meiner besten Freundin ins Bett zu steigen, war dann doch selbst für mich zu viel.« Als hätte Nadine eine Offenbarung gehabt, musterte sie Simon sorgfältig. »Aber vielleicht ergibt sich ja bald eine Gelegenheit.«

Ich sendete meiner Freundin warnende, gifterfüllte Blicke zu und zusätzlich verpasste ich ihr unter dem Tisch einen Tritt. Sie sollte ihre Finger bei sich behalten. Es reichte schon, wenn alle über Simon Hoffmann redeten, allen voran die Frauen. Dabei war er gerade mal Durchschnitt. Na ja, vielleicht leicht überdurchschnittlich, trotzdem gab es in der Belegschaft durchaus attraktivere Männer. Außerdem wusste sie, wie empfindlich ich auf dieses Thema reagierte. Viele neidvolle Männer streuten gerne das Gerücht, dass Frauen nicht durch harte Arbeit, sondern durch ihre Verführungskünste an eine höhere Position kamen. Und das war ich leid. »Könnten wir vielleicht über etwas anderes reden? Und wehe, ich erwische dich, wie du dich heimlich in Reizwäsche in unser Büro schleichst.«

Ein diabolisches Lachen von Nadine und ein Kopfschütteln von Simon beendeten endlich diese heikle Unterhaltung. Na ja, nicht ganz.

»Also, eins verstehe ich nicht, Frau Meinhardt. Wenn Sie der Meinung sind, die Mitarbeiter sollten sich untereinander siezen, warum duzen Sie sich dann?« Erst schaute er im Wechsel mich und schließlich Nadine an. »Was sagen Sie dazu, Frau Melzer?«

»Och, nennen Sie mich ruhig Nadine. Ich bin da nicht so.« Per Handschlag war das dann wohl abgemacht.

Stöhnend schloss ich die Augen. »Wir kannten uns schon, bevor ich hier angefangen habe«, erklärte ich.

»Dann haben Sie also schon woanders gearbeitet?«, erkundigte sich Simon und zeigte offenes Interesse, indem er mich neugierig ansah. »Wo war das?«

Befangen hielt ich Augenkontakt mit Nadine. Selbst sie räusperte sich verlegen. »Ich war zuvor in einer mittelständischen Firma angestellt. Werden Sie vermutlich gar nicht kennen«, winkte ich ab und hoffte, die Frage wäre somit beantwortet.

»Und was hat Sie dazu bewogen, sich woanders zu bewerben?«

Wieder trafen sich Nadines und meine Blicke. »Aus privatem Anlass und natürlich aus dem Grund, mich weiterzuentwickeln.« Und wie ich mich weiterentwickelt hatte. Die Wahrheit brachte ich einfach nicht über die Lippen. Gerade jetzt in der Vorweihnachtszeit setzte ich alles daran, nicht an die Vergangenheit erinnert zu werden. Ich lenkte ab. »Dieser Weihnachtsbaum ist einfach grässlich.«

Simons argwöhnische Miene bewog mich, die Pause rasch zu beenden, bevor noch mehr unangenehme Erkundigungen auf mich zukamen, außerdem hatten wir längst aufgegessen.

Kaum kehrten wir zurück in unser Büro, bohrte Simon leider Gottes weiter. »Sie mögen wohl kein Weihnachten?«

Ohne ihn eines Blickes zu würdigen, flogen meine Finger über die Tastatur. Nebenbei antwortete ich: »Nein.«

Simon nickte kaum merklich, dabei presste er die Lippen aufeinander, so wie er es immer tat, wenn er vollends konzentriert war. »Mir ist das nur aufgefallen, weil Ihr Büro nicht geschmückt ist, bei den anderen stehen irgendwelche Weihnachtsmänner herum oder sonst irgendwelche Dinge. Und wegen Ihrer abfälligen Bemerkung über den Baum in der Kantine natürlich.«

»Von mir aus könnte man Weihnachten abschaffen. Diese Heuchelei ist nichts für mich. Es geht nur noch um Konsum und die Bilanz der Geschäfte.«

»Dann feiern Sie also kein Weihnachten mit der Familie?«

»Schon seit geraumer Zeit nicht mehr. Ich verreise für gewöhnlich.«

»Skiurlaub?«

»Hawaii.«

»Wow. Das wäre nichts für mich. Weihnachten ohne Tannenbaum, ohne Stollen und ohne meine nervigen Schwestern und meine Nichten und Neffen. Nicht zu vergessen mein Schwager. Und ohne Schnee.«

»Die letzten Jahre hat es doch eh nie geschneit«, erinnerte ich ihn.

»Aber dieses Jahr.« In seinen Augen funkelte es plötzlich eigentümlich.

»Sie haben aber eine große Familie. Und die sind alle zu Weihnachten in einem Raum?« Unfassbar.

»Ja. Natürlich. Wir feiern immer bei meinen Eltern. Auf dem Land.«

Na prima. Vermutlich mit ständiger Platzangst, aber ohne Handyempfang. »Hört sich ja spannend an«, sagte ich desinteressiert.

»Weihnachten ist das Fest der Liebe«, erwiderte er betont bedeutungsvoll.

Ach ja? Ich hatte da ganz andere Erfahrungen gemacht. Ehe ich dieses Gerücht widerlegen durfte, stürmte Engelmey in unser Büro.

»Frau Meinhardt, Herr Hoffmann.« Er war außer Atem. »Frau Vogler hat Ihnen zwei Flugtickets besorgt. Morgen früh gehts gleich nach München. Eine bedeutende Firma hat sich angeboten, mit uns zu kooperieren. Sie beide sind unser Aushängeschild. Alles Wichtige schicke ich Ihnen per E-Mail, dann können Sie sich bis morgen vorbereiten.«

Ich wurde kreidebleich. »Jetzt noch? So kurz vor Weihnachten?« Wie verwirrend und abstrus das aus meinem Mund klang, wusste ich selbst. Aber ich musste auch an mich denken. Simon und ich zusammen in einem Flieger zu einem Spontanbesuch in München, und vermutlich waren wir auch noch in demselben Hotel untergebracht.

»Ich möchte das alles unter Dach und Fach haben, wenn das neue Geschäftsjahr startet, aber wenn Sie es natürlich wünschen, Frau Meinhardt, dann schicke ich Herrn Hoffmann allein los.«

Auf gar keinen Fall. »Wie lange ist die Geschäftsreise denn anberaumt?«

»Nur morgen. Sie bleiben eine Nacht und dann gehts schon wieder nach Hause. Donnerstag Nachmittag geht der Flieger zurück.«

»Bei dem Wetter startet doch sicherlich keine Maschine«, bemerkte ich kritisch.

»Warten wir es ab. Morgen fahren Sie erst einmal an den Flughafen, ansonsten nehmen Sie die Bahn.« Engelmey legte eine kurze Pause ein und bellte mit Nachdruck: »Von mir aus fliegen Sie auch mit dem Besen. Irgendwie werden Sie das doch hinbekommen.«

Bei seinem Wutausbruch zuckte ich zusammen, sogar Simon runzelte die Stirn.

»Klar«, sagte ich tonlos.

»Dann noch weiterhin einen erfolgreichen Arbeitstag.« Mit den Worten stob er davon.

Kapitel 7

Am nächsten Morgen rollte ich mit dem Auto aus der Tiefgarage. Natürlich schneite es immer noch unentwegt, so wie es der Wetterdienst prophezeit hatte. Die Straßen waren nur sporadisch geräumt. Die ganze Zeit fragte ich mich schon, wie die Räumdienste diese Massen überhaupt bewältigten. Überall türmte sich der Schnee an den Straßenseiten. Aber die Hauptsache war, ich kam irgendwie zu Simon an den Flughafen. Gestern hatte er mir angeboten, mich abzuholen, aber ich hatte dankend abgelehnt. Lieber nahm ich meinen Wagen. Auf Annehmlichkeiten wie Sitz- und Lenkradheizung sowie Klimaanlage wollte ich selbstverständlich nicht verzichten. Wer wusste, was für eine Klapperkiste er überhaupt sein Eigen nannte? Außerdem hatte mein Auto ein integriertes Navi.

Dreimal hupte ich, bevor Simon endlich aus der Tür trat. Durch seine vielen Kleiderschichten erkannte ich ihn auf den ersten Blick gar nicht. Er trug Moonboots, eine Daunenjacke, die ihn wie ein Michelin-Männchen aussehen ließ, Wintermütze und Schal. Selbst Handschuhe hatte er sich übergezogen. Lediglich an seiner Brille war er auszumachen. Im Schlepptau schulterte er eine für mich winzige Reisetasche. Wie selbstverständlich öffnete er den Kofferraum und legte die Tasche hinein, dann nahm er auf dem Beifahrersitz Platz.

Sofort schwängerte sein Aftershave die Luft, und gleich schossen mir wie bei einem Film die Erinnerungen an unsere gemeinsame Nacht durch den Kopf. Als wir rhythmisch zusammen verschmolzen und sich unsere Blicke ineinander verwoben wie ein geflochtenes Band. Wieso hatte ich dem standgehalten? Ich hätte einfach die Lider schließen müssen. Jetzt gingen sie mir nicht mehr aus dem Kopf und verwirrten mich.

»Ich hoffe, Sie haben noch einen Mantel hier irgendwo versteckt. Sie wollen doch nicht in einer dünnen Bluse durch den Winter?«

»Die liegt auf der Rückbank.«

Ich ließ den Wagen auf die Straße rollen und folgte dem Navi. Niemand sagte etwas. Mir gefiel das.

Auf der Autobahn zog die Skyline von Frankfurt an uns vorbei und ich ärgerte mich, dass es nicht bereits dämmerte. Die beleuchteten Bauten in der Dunkelheit übten einen ganz besonderen Charme auf mich aus. Besonders mochte ich den Commerzbank-Tower. Wie er elegant neben den anderen Gebäuden thronte und wegen seiner Antennenspitze mit Leichtigkeit die anderen Hochhäuser überragte. Auf mich wirkte das Gebäude am elegantesten und erhabensten. Aber die Witterung ließ es sowieso nicht zu, das Panorama in seiner gesamten Pracht zu bewundern.

»Vielleicht sollten wir das Radio anschalten. Schon allein wegen der Verkehrsnachrichten«, schlug Simon vor und durchbrach die Stille.

Widersprechen konnte ich ihm nicht, aber ich wusste natürlich, dass nur Weihnachtslieder unsere Ohren berieseln würden, und darauf hatte ich gar keine Lust. Per Sprachbefehl gab ich meinem Radio die Aufgabe, einen geeigneten Sender zu suchen, und prompt ertönte dieses unaufhörliche Weihnachtsgedudel. Ich presste die Zähne aufeinander, während ich zwischen den Sendern hin und her switchte. Schließlich kam eine Verkehrsnachricht und wir beide hörten gespannt zu.

»Einige Straßen wurden bereits gesperrt, bis jetzt sind wir aber noch nicht betroffen«, kommentierte Simon.

Als ob ich das nicht selbst wüsste. Mein Orientierungssinn war äußerst gut ausgeprägt.

Trotz der schwierigen Straßenverhältnisse erreichten wir ohne weitere Vorkommnisse den Flughafen. Dass mich die Fahrt bis zur Schmerzgrenze erschöpft hatte, ließ ich mir nicht anmerken. Aber als uns die Anzeigetafel offenbarte, dass unser Flug und sämtliche anderen gestrichen wurden, sackte alles in mir zusammen und ich spürte Versagen, weil ich das Gefühl nicht loswurde, dass wir es nicht nach München schaffen würden.

»Scheiße.«

»Ich frage mal am Schalter, ob später noch Flüge starten.«

Natürlich wollte ich ihm nicht die Hoffnung nehmen, also ließ ich ihn ziehen. Wenigstens hatte ich dann einen Moment für mich. Ich checkte meine Nachrichten. Kai schickte mir ein äußerst anrüchiges Bild von sich und seinem Neuen. Nadine versuchte mich mit ein paar Sätzen aufzubauen und meinte, dass alles nur halb so schlimm sei. Die E-Mail vom Engelmey verursachte mir jedoch Bauchschmerzen. Die besagte, dass er alle Hoffnung in mich setzte.

»Heute fliegen keine mehr«, holte mich Simon aus der Starre.

»Dann müssen wir zum Bahnhof und hoffen, dass noch Züge fahren.« Meine Stimme klang unmelodisch und meine Antriebslosigkeit ließ zu wünschen übrig.

»Das ist Wahnsinn. Draußen herrscht das pure Chaos. Auf den Schienen wird es nicht besser sein. Am besten, wir kehren heim und erklären, dass es unmöglich ist.«

»Machen Sie, was Sie wollen. Ich für meinen Teil werde das Auto nehmen. Mit oder ohne Ihre Anwesenheit. Wir sind immerhin bis hierhergekommen. Vielleicht erwischen Sie ein Taxi. Gute Reise.« Ich kehrte Simon den Rücken zu, sein fester Händedruck an meinem Arm hielt mich davon ab, weiterzulaufen. Mit Schwung schleuderte er mich zurück und stand nun direkt vor mir. Durchdringend funkelte er mich mit seinen blauen Augen an.

»Sie sind wahnsinnig. Ich werde nicht zulassen, dass Sie allein weiterziehen. Wir blasen die ganze Sache ab.«

Nur über meine Leiche. Umständlich befreite ich mich aus seiner Umklammerung. Ich schnaubte verächtlich. »Warum? Haben Sie Angst, eingeschneit zu werden? Oder befürchten Sie, als Waschlappen dargestellt zu werden, wenn ich allein dort aufschlage? Nur weil Sie wegen ein paar Flocken alles hingeschmissen haben.« Mit zu Schlitzen geformten Augen sah ich zu ihm hoch.

»Das ist also Ihr Ansinnen. Sie wollen die ganze Sache allein durchziehen, ohne mich. Was versprechen Sie sich davon?«

Er war cleverer, als ich dachte. Natürlich würde ich alles daransetzen, den Auftrag allein abzuschließen. Damit Engelmey endlich einsah, dass ich diejenige mit den geeigneteren Qualitäten war. »Ich habe mir den Arsch für die Firma aufgerissen. Geschuftet, die ganzen Jahre. Dann kommen Sie daher, mit Ihren frisierten Haaren, Ihrer blitzblanken Persönlichkeit und Ihrer Nerdbrille und nehmen mir alles weg, was mir am teuersten ist. Wenn ich jetzt aufgebe, kann ich einpacken. Und warum? Weil ich eine Frau bin. Jeder wird behaupten, dass ich nicht in der Lage war, ein Meeting in München termingerecht abzuwickeln. Alle werden denken, dass Sie wegen mir klein beigegeben haben, weil ich Muffensausen bekommen habe. Und Ihr Weg ist dann frei, weil Sie der Mann sind und ich das schwache Geschlecht. Aber wissen Sie was? Vergessen Sie es, so einfach mach ich es Ihnen nicht.« Mein Herz pumpte unaufhörlich, genau wie bei meinem freitagabendlichen Fitnesskurs.

»Sie denken allen Ernstes, ich will Ihnen Ihren Job wegnehmen?« Seine Überraschung stand ihm ins Gesicht geschrieben. »Und ich dachte, Sie sind so eklig zu mir, weil Sie Angst haben, ich könnte über unsere gemeinsame Nacht plaudern. Die erfolgreiche, unerschütterliche Karrierefrau ist unsicher. Wer hätte das gedacht?«

Simon überkreuzte die Arme vor der Brust und zeigte mir seine perfekten Zähne.

Ich schüttelte den Kopf, blieb aber stumm. Wut brodelte in mir, die ich kaum einzudämmen wusste.

»Sie sind vielleicht die Frau«, sprach Simon ruhig weiter, »und mit Sicherheit wird Ihnen eher nachgesagt, dass Sie das Meeting gecancelt haben, weil Sie intuitiv am vernünftigsten gehandelt haben. Aber ...«, beschwörend hielt er seinen Zeigefinger in die Höhe und fummelte mir damit vor den Augen herum. »... wenn ich mich damit schmücken würde, dass wir zwei im Bett waren, dann würde jeder glauben, ich hätte Sie abgeschleppt. Und warum? Weil *ich* der Mann bin.«

Simon fuhr sich mit der Hand über den Nacken. »Wenn ich Ihnen versichere, weder mit irgendjemandem über unsere Nacht zu reden noch Ihnen Ihren Job wegnehmen zu wollen, schenken Sie mir dann ein bisschen Vertrauen?«

Was verlangte dieser Mann nur von mir? Vertrauen? Wie kann er erwarten, dass ich einem Mann jemals wieder Vertrauen schenken würde? Niemals.

Er richtete die Augen erwartungsvoll auf mich. Meine Gedanken fielen wie Schneeflocken ungeordnet zu Boden und bedeckten meinen Verstand. Nach schier endlosen Sekunden nickte ich stumm.

Auf Simons geschwungenen Mund stahl sich ein Lächeln. »Klischee hin oder her, ich würde es niemals zulassen, dass Sie allein bei dem Mistwetter draußen herumirren.«

Wir einigten uns darauf, nicht an den Bahnhof zu fahren, sondern mit dem Auto nach München zu kommen.

Denn laut Bahn-App fuhren ebenfalls keine Züge mehr. Mein Nacken schmerzte. Unmengen dicker Flocken flogen auf die Windschutzscheibe und versperrten mir die Sicht auf die eh schon schlecht gestreuten Straßen.

»Ich kann Sie ablösen. Sie sehen müde aus.« Mit einem Seitenblick sah mich Simon auffordernd an.

»Danke, aber es geht schon«, schlug ich sein freundliches Angebot aus. Ich quälte mir sogar ein kleines Lächeln ab.

Seit geraumer Zeit plagten wir uns durch die Schneemassen, leider kamen wir nur spärlich voran. Meine Hände schwitzten an dem lederbezogenen Lenkrad, hin und wieder wischte ich sie verstohlen an meinen Beinen ab. Der Verkehrsfunk meldete sich jede halbe Stunde und informierte uns über die gesperrten Straßen.

»Das ist genau der Weg, den wir nehmen müssen«, bemerkte Simon missmutig. Sofort suchte er nach einer geeigneten Umgehung.

Meine Konzentration ließ nach, fast wäre ich wegen einer kleinen Unaufmerksamkeit in die Bankette gefahren.

»Lassen Sie mich ans Steuer. Sie kommen um vor Müdigkeit.« Sein Unterton klang diplomatisch.

Länger konnte ich es nicht leugnen. Mich strengte die Fahrt wirklich an und es nützte nichts, uns aus reiner Sturheit in Schwierigkeiten zu bringen.

»Okay«, gab ich schließlich nach. »Sie sind dran.«

Wir hielten und wechselten die Seiten. Bevor Simon losrollte, schob er den Sitz bis in die letzte Raste nach hinten. Du meine Güte, bei seiner Größe könnte er ohne

Weiteres den Fahrersitz rausschmeißen und einfach auf der Rückbank Platz nehmen.

Erlöst verschmolz ich mit der Wärme des Beifahrersitzes und schloss für kurze Zeit die Augen, um die heransausenden Flocken auszusperren. Sie machten mich schier wahnsinnig. Als ich mich entspannter fühlte, drehte ich mich zur Seite und beobachtete Simon amüsiert dabei, wie er die Lippen zu einer schmalen Linie formte.

»Was ist so lustig?«, fragte er und wagte einen kurzen Seitenblick.

»Sie pressen manchmal Ihre Lippen aufeinander. So.« Zur Veranschaulichung demonstrierte ich seine Marotte, indem ich ihn nachahmte.

Simon grinste breit, ließ aber die Straße nicht aus den Augen. »Aha«, sagte er gedehnt. »Sie kräuseln die Nase, wenn Sie nachdenken.«

Verdutzt blickte ich ihn von der Seite an. »Wie bitte?«

»Ja. Sie ziehen Ihre Nase hoch, dann bilden sich kleine Fältchen.« Zur Verdeutlichung imitierte er detailgetreu seine Beschreibung.

»Quatsch. Das sieht doch total bescheuert aus.«

»Und wenn Sie sich ärgern, dann gräbt sich zwischen ihre Nasenwurzel eine steile Furche.« Simon lächelte verschmitzt.

Ich klappte den Innenspiegel herunter und probierte seine beschriebenen Grimassen aus. Ärgerlich schloss ich den Spiegel und verschränkte bitter die Arme.

»Sehen Sie«, bekräftigte er. »Und wo wir gerade dabei sind, wenn Sie …«

»Schon gut«, resignierte ich mit erhobener Hand. »Ich will's gar nicht wissen.«

»Wenn Sie lächeln, dann bildet sich ein winziges Grübchen direkt neben Ihrem rechten Mundwinkel.«

Überrascht schoss mein Kopf zur Seite. Sein Blick galt der Straße, aber ich erkannte ein verstohlenes Schmunzeln. Ich beließ es dabei und kauerte mich tiefer in den warmen Sitz, dabei merkte ich, wie sich meine Muskeln entspannten. Jetzt erst wurde mir bewusst, dass ich seit Jahren endlich mal meine quälende Last abgeben durfte. Außerdem fühlte ich mich sehr wohl, neben Simon zu sitzen. Er gab mir Sicherheit in dieser grauen Zeit.

»Darf ich Ihnen eine Frage stellen?«, durchbrach er die Stille.

»Sicher.«

»Verraten Sie mir, warum Sie Weihnachten hassen.«

»Weil die Geschäfte ihre Bilanzen um das Doppelte in die Höhe treiben wollen«, log ich, ohne mit der Wimper zu zucken.

Simon verzog den Mund. »Das ist nicht Ihr Ernst!«

Natürlich war es das nicht, aber selbst unter Morddrohungen würde ich es ihm nicht verraten.

Als er schließlich merkte, dass ich weder über meine Vergangenheit sprechen wollte noch über sonst irgendwelche belanglosen Dinge, schlitterten wir schweigsam weiter.

Die Straßenverhältnisse wurden immer schlechter. In der Ferne sah ich eine Absperrung mit Polizeibeamten. Auch das noch.

Simon runzelte die Stirn und fuhr langsam weiter. Als wir in Höhe der Polizei waren, ließ er per Knopfdruck das Fenster herunter. Tausend Schneeflocken wirbelten in mein Auto, während Kälte hereinzog.

»Sie müssen umkehren. Die Straße ist unpassierbar«, sagte der Polizist.

»Wir müssen nach München.«

»Suchen Sie sich eine Unterkunft. Bald ist es dunkel, dann wird es noch gefährlicher. Die Straßen sind jetzt schon kaum zu erkennen. Am besten, Sie fahren hier ab und folgen der Umleitung. Der Schneepflug hat eben noch geräumt. Gute Fahrt und frohe Weihnachten.«

»Frohe Weihnachten«, antwortete Simon freundlich, schloss das Fenster und nahm den besagten Weg. »Scheiße.«

»Wenn das so weitergeht, verpassen wir das Meeting so oder so.«

Simon hielt den Wagen an und inspizierte sein Handy. »Vielleicht schlägt Google Maps eine Strecke vor.«

Die Hälfte könnten wir geschafft haben, wenn überhaupt. Und außer uns war niemand mehr unterwegs, stellte ich mulmig fest. Besorgt schlang ich mir die Arme um den Körper. Es war alles meine Schuld, nur weil ich meinen Dickkopf durchsetzen musste. »Wir sollten aufgeben«, räumte ich ein. »Gibt es hier in der Nähe irgendwo ein Hotel?« Ungeduldig schaute ich aus dem Fenster, aber bis auf Schneeflocken und dass es tatsächlich bald dunkel wurde, sah ich nichts.

Simon wischte und tippte auf sein Display. Hin und wieder brummte er missmutig, dann nahm er seine Brille ab und fuhr sich mit der Hand über die Augen.

Mein Gewissen setzte ein. »Lassen Sie uns die Plätze tauschen, jetzt bin ich wieder dran.«

»Nein. Wirklich, ist schon gut. Ich weiß, wo wir uns befinden. Ganz in der Nähe bin ich aufgewachsen. Also kenne ich mich hier sehr gut aus. Nur durch den Schnee habe ich die Orientierung verloren.«

»Sie sind hier groß geworden?«, fragte ich überrascht.

Ohne zu antworten, sagte er lediglich: »Scheiße.« Ein ohrenbetäubendes Geräusch drang von draußen zu uns ins Auto. Die Hinterreifen drehten offensichtlich durch. »Wir stecken fest.«

»Was?« Meine Stimme drohte zu kippen. Was für ein Scheißtag. »Bitte sagen Sie, dass Sie sich irren.«

Simon zog seine Jacke an und stieg aus. Mit konzentriertem Blick umrundete er den Wagen. Dann bat er mich, an das Steuer zu gehen und Gas zu geben, wenn er es verlangte. Mit Kraft drückte er gegen das Heck, während ich die Pedale trat. Vergebens. Wir bewegten uns keinen Millimeter weiter. Ich verlor den Mut. Statt weiterhin seinen Anweisungen zu folgen, befahl ich Simon, in den Wagen zu steigen, bevor er völlig durchnässt war. »Kommen Sie«, rief ich, »es hat keinen Zweck.«

Missmutig schüttelte er sich die letzten Schneeflocken aus den Haaren, setzte sich neben mich und schaute mich mit seinen blauen Augen wehmütig an. »Tut mir leid, aber das Auto bewegt sich nicht.« Mit Wucht hieb er auf das Lenkrad. Offensichtlich war er sehr verärgert.

»Was sollen wir jetzt machen?«, fragte ich und schnürte meinen Mantel etwas fester um den Bauch.

Simon drehte den Kopf zu mir. Sein Blick war kapitulierend. »Ich weiß es nicht. Vielleicht sollten wir den ADAC rufen.«

»Und der kommt bei dem Mistwetter zu uns raus?«, sagte ich zynisch.

Simon schüttelte den Kopf und schaute aus dem Fenster. Dicke Flocken stapelten sich dicht aufeinander und deckten die Windschutzscheibe zu, bis nur noch das warme Licht der Innenbeleuchtung ein bisschen Helligkeit spendete. »Hoffentlich werden wir nicht eingeschneit.«

»Das hoffe ich auch.«

»Ich schalte mal das Radio an. Vielleicht bringt uns das irgendwie weiter.«

Mariah Carey trällerte fröhlich: *All I want for Christmas is you.* Natürlich.

Simon und ich verfolgten das gleiche Ziel, schnellstmöglich einen anderen Sender einzustellen, dabei berührten sich unsere Finger.

»Sie frieren.« Er umschloss meine Hände mit seinen und gab mir etwas von seiner Wärme ab. Unsere Blicke trafen sich und ich merkte, wie mein Puls in die Höhe stieg. In diesen Augen konnte ich mühelos versinken. Unwillkürlich schossen mir die Bilder von Freitagnacht in Erinnerung, ich schob sie aber schnell beiseite. Mein mieses Verhalten war mir plötzlich unangenehm und ich verspürte den Drang, mich bei ihm zu entschuldigen.

Ich kniff die Augen zusammen und zog meine Hände weg, auch wenn es schwerfiel. »Simon. Letzten Freitag … ich hätte dich nicht ansprechen sollen und vor allem dich nicht … benutzen dürfen. Es tut mir leid.«

Seine Kieferknochen arbeiteten markant, er blieb aber stumm.

»Und für mein unerfreuliches Benehmen in der Firma, dafür entschuldige ich mich auch.« Ich schaute aus dem Fenster, mittlerweile bedeckte der Schnee sogar die Seitenscheiben. Dass wir uns nun doch duzten, war mir in der Situation gleichgültig. Im Prinzip war ich sogar froh, neben ihm sitzen zu dürfen. Allein hätte ich das niemals durchgestanden. Unsere Verbundenheit, hier in dem Auto irgendwo im Nirgendwo festzusitzen, ließ mich formloser werden.

Eine gewisse Zeit hingen wir unseren Gedanken nach. Leise dudelte Musik aus dem Radio – nicht immer spielte es Weihnachtslieder. Irgendwie hatte ich das Gefühl, dass das Glück, gerade zur Weihnachtszeit, nicht auf meiner Seite war.

»Vielleicht hat irgendjemand etwas gegen mich und lässt mich hier elendig erfrieren«, sagte ich mutlos.

»Ines.« Sein scharfer Unterton erinnerte mich an meinen Vater, wenn ich eine schlechte Note nach Hause gebracht hatte.

»Nein. Wirklich. Ich weiß ja, dass ich nicht immer nett bin.«

»Es ist nie zu spät, damit anzufangen.«

Ohne dass ich es wollte, rannen mir plötzlich dicke Tränen die Wangen hinunter. Die Erkenntnis, dass wir hier vielleicht eingeschneit wurden, ließ mich weichherziger werden. Verstohlen wischte ich sie mir weg.

Simon drehte sich mir näher zu und legte eine Hand auf meine Wange. »Nicht weinen. Alles wird gut.« Seine

Augen versprühten so viel Wärme, dass mein Körper sie anstandslos aufnahm. »Manchmal tut es gut, seinen Gefühlen freien Lauf zu lassen.« Er lehnte sich zurück und sah mich an, als erwartete er von mir, dass ich ihm mein Herz ausschüttete.

Mein Magen verkrampfte sich. Sollte ich ihm vielleicht von meiner Vergangenheit erzählen? Unentschlossen knetete ich die Hände in meinem Schoß. Ich wusste, wenn ich ihm preisgab, was damals passiert war, erntete ich mindestens einen mitleidigen Blick, und mein Bild von der unerschütterlichen Karrierefrau würde einknicken, wenn es das nicht schon längst getan hatte. Oder es würde ihm allenfalls erklären, warum ich bin, wie ich bin.

»Reden kann manchmal helfen und vielleicht verstehe ich dann, warum du Weihnachten nicht magst.«

Ein Kloß bildete sich in meinem Hals, und obwohl es mir schwerfiel, trotz meiner brennenden Stimmbänder einen vernünftigen Ton herauszubringen, erzählte ich, was passiert war.

»Damals habe ich noch in einer anderen Firma gearbeitet. Tim war mein Freund und gleichzeitig mein Chef. Obwohl Weihnachten war und wir alle frei hatten, ist er noch mal ins Büro gegangen, um zu arbeiten. Ich wollte ihn überraschen. Ohne Ankündigung habe ich die Tür zu seinem Büro geöffnet und ihn dann in flagranti mit irgend so einer Tussi erwischt.«

Simons empörter Seitenblick veranlasste mich, nach einer kurzen Kunstpause weiterzuerzählen. »Ich kann mich kaum an das erinnern, was danach passiert ist. Es ist wie weggesperrt, verbannt«, sinnierte ich leise. »Ich weiß nur noch, dass ich vor einem Auto lag und mich vor Schmerzen gekrümmt habe.« Erschöpft schloss ich kurz die Augen und atmete tief aus, ehe ich fortfuhr. »Ich weiß, dass Gerüchte über mich kursieren, aber dass ich abgetrieben habe, nur damit ich Karriere machen kann, stimmt nicht. Ich war Ende vierten Monat schwanger und habe das Kind verloren.« Die Flocken vor der Scheibe hypnotisierten und beruhigten mich auf angenehme Weise.

»Es tut mir leid.«

»Danke. Das ist ein Standardspruch. Das sagen alle.«

»Ich meine es ernst.«

Sicher. »Seitdem sind Männer für mich das Letzte, und Weihnachten ist bloß ein Tag, an dem man sich im Arm hält und so tut, als wäre die Welt in Ordnung.«

»Du kannst nicht alle über einen Kamm scheren. Es gibt durchaus Männer, die Frauen mit Respekt behandeln.« Simon presste die Lippen aufeinander, wagte einen kurzen Seitenblick. »Und seit dem Unfall ziehst du immer dieses Spiel ab? Du gaukelst den Männern Interesse vor, benutzt sie und lässt sie einfach fallen? Ohne Rücksicht?«

»Ja, und? Ihr Männer macht das doch genauso. Ich habe mir geschworen, keine Gefühle mehr zuzulassen. Ich komme sehr gut allein zurecht.«

Simon schüttelte den Kopf und schürzte die Lippen, sagte aber nichts.

»Für mich habe ich beschlossen, nie wieder eine feste Beziehung einzugehen, um nicht wieder verletzt zu werden. Stattdessen konzentriere ich mich voll und ganz auf meine Karriere.« Die letzten versiegten Tränen tupfte ich mit einem Zipfel meines Taschentuches weg, trotzdem schluchzte ich weiter. »Es wäre besser gewesen, wenn du mich allein hättest reisen lassen, dann hätte ich dich nicht in Schwierigkeiten gebracht. Es war meine Schuld. Vielleicht ist es sogar mein Schicksal, Weihnachten zu sterben, wie mein Kind.«

Simons Kopf fuhr herum, er beugte sich zu mir und funkelte mich wütend an. »Ich lasse es nicht zu, dass du hier stirbst. Und wenn ich dich durch den Schneesturm da draußen huckepack schleppen muss.« Als hätte er eine Offenbarung gehabt, schaute er mich mit großen Augen an, tippte flink eine Nummer in sein Handy und hielt es sich ans Ohr. »Thorsten, bist du es?«

»Hey, Alter. Ja, klar. Ich weiß zwar nicht, wen du anrufen wolltest, aber ich bin es höchstpersönlich. Was geht?« Bei der Lautstärke des Handys konnte ich alles mit anhören.

»Du musst uns helfen. Wir sitzen hier in der Klemme. Meinst du, du kommst mit deiner Fanny durch den Schnee?«

»Eventuell. Bei den Massen kann es sein, dass sogar mein Mädchen schlappmacht. Wo steckst du denn?«

»Ungefähr einen Kilometer vor der Autobahn. Wir mussten abfahren, die Polizei hat alles gesperrt.«

»Du willst mir doch nicht etwa weismachen, dass du Depp bei dem Wetter mit dem Auto unterwegs bist. Bist du lebensmüde?«

»Ich erkläre es dir später. Kannst du uns irgendwie hier aus der Pampa holen?«

Thorsten schien zu überlegen, aber schließlich antwortete er: »Also, bis dahinten, keine Chance. Da sind Schneeverwehungen bis nach Bagdad. Heute Vormittag war ich schon mal da. Ich bin dann lieber zurückgefahren. Wenn du bis zu dem großen Teich laufen kannst …«

Simons Kopf fuhr automatisch zu mir herum, er musterte mich kritisch. »Sicher, wir schaffen das.«

»Wir? Wen hast du dabei?« Ein kehliges Lachen erfüllte den Innenraum. »Ein Mädchen? Mein Schwesterherz ist es wohl nicht, die saß bis eben noch neben mir und hat mir die Ohren vollgeheult, wie sehr sie dich vermisst. Wenn ich ihr erzähle, dass du in der Gegend bist, wird sie dir bestimmt um den Hals fallen.«

»Sag Dani erst mal nichts, okay?«

»Nee, Ehrenwort, Alter. Ich mach mich gleich auf den Weg.« Dann war die Verbindung unterbrochen.

»Wer ist Dani?«, fragte ich, anstatt mich auf die Höllentour vorzubereiten.

»Hast du noch einen Pullover dabei?« Rasch stieg Simon aus dem Wagen, bevor ich die Chance hatte zu antworten. Unsere Reisetaschen stellte er auf die Rücksitzbank und öffnete sie.

»Keinen, der wirklich wärmt«, antwortete ich. Ich hatte mich auf klimatisierte Büroräume eingestellt und nicht auf einen Ausflug in die gefrorene Unterwelt.

»Zieh meinen an«, befahl er und schmiss wahllos einen Pulli in meine Richtung.

Wenn der mal nicht kratzte. Mit spitzen Fingern begutachtete ich das Gemisch aus Baumwolle, Polyester und Kaninchenhaar. Sofort stellten sich mir die Nackenhaare hoch.

»Jetzt sei mal bitte nicht so wählerisch. Er stammt sicherlich nicht aus irgendeinem Luxuslabel, aber er erfüllt seinen Zweck.« Simon versteckte sich unter seiner Mütze, wickelte sich in seinen Schal ein und vergrub die Hände in den Handschuhen, während ich mir dieses Kratzemonster über den Kopf zog. Natürlich war mir der Pullover viel zu groß, aber der Geruch hüllte mich gleich ein und wärmte mich auf eine angenehme Weise. Weil meine ausgesuchte Garderobe natürlich nicht dem Wetter angepasst war und ich weder über Schal noch Mütze verfügte, überließ mir Simon seinen Schal.

»Es ist nicht weit. Vielleicht ein, zwei Kilometer von hier. Thorsten ist ein guter Freund. Er kommt mit seinem Traktor und holt uns. Das ist unsere letzte Chance. Aber wir müssen ihm entgegengehen.«

»Wo bringt er uns hin?«

»Zu meinen Eltern. Er ist der Nachbar.«

Kapitel 8

Zu seinen Eltern? Ich wusste nicht, ob ich das wirklich wollte, aber eine andere Wahl hatte ich nicht. Was würde mich denn bitte da erwarten? Auf jeden Fall ein warmes Wohnzimmer. Vielleicht sogar ein Kamin, wo ein gemütliches Feuer knisterte. Bei den Gedanken funktionierten meine Beine wie auf Knopfdruck. Ich trat in die Kälte und versank bis zu den Waden im Schnee, währenddessen peitschte mir der Wind Schneekristalle ins Gesicht, die sich wie Nadelstiche auf meiner Haut anfühlten. Sofort wurde mir klar, dass das nicht einfach würde.

Simon versicherte mir, dass meinem Auto nichts passierte. Spätestens morgen Mittag würde er sich darum kümmern, es aus dem Weg zu schaffen und es heil zu seinen Eltern zu bringen.

Ich lief immer ein Stückchen hinter Simon her, so schützte ich mich gegen die unaufhaltsam anpreschenden Flocken. Wenn ich aber zu weit abgefallen war, wartete er auf mich, bis ich zu ihm aufgeschlossen hatte. »Alles klar?«, fragte er irgendwann.

»Mir ist kalt«, antwortete ich, lief aber mechanisch weiter. Die Dunkelheit brach bereits herein, dabei war es noch nicht einmal vier Uhr nachmittags. »Ich glaub, ich brauche eine Pause«, sagte ich. Erst zwanzig Minuten waren wir unterwegs und ich war völlig am Ende. Ich spürte meine Zehen nicht mehr und das Sprechen fiel mir schwer, obwohl ich Simons Schal komplett um den Kopf gewickelt hatte.

»Wir dürfen keine Pause einlegen. Wir müssen in Bewegung bleiben«, beharrte er. »Es ist nicht mehr weit. Ich verspreche es dir. Erzähl mir etwas.«

Ich wusste nicht was. Mein verkorkstes Leben hatte ich ihm ja schon geschildert. Jetzt war er an der Reihe. »Wer ist Dani?«, fragte ich schließlich. Die Antwort war er mir noch schuldig.

Für einen kurzen Moment verlangsamten sich seine Schritte. Vermutlich hatte er das Thema bereits verdrängt, aber dann legte er wieder an Tempo zu und berichtete, wenn auch widerwillig: »Daniela ist meine Ex-Verlobte. Wir hatten vor, zu heiraten.«

»Und woran ist es gescheitert?« Mit vorgebeugtem Oberkörper lehnte ich mich gegen den Sturm und stampfte weiter.

»Bevor sie unglücklich geworden wäre, habe ich es beendet.«

Ich musterte ihn nachdenklich. Er war wirklich nicht der Typ, der Frauen schlecht behandelte. Ich schätzte ihn sogar so ein, dass er niemals fremdgehen würde. Simon wirkte eher wie ein Mann, der eine Frau auf Händen trug.

»Ich hatte ein wirklich gutes Jobangebot bekommen, was aber bedeutete, dass ich keine Zeit für sie gehabt hätte. Sie ist jemand, die viel Aufmerksamkeit benötigt. Für mich gab es keinen Kompromiss. Sie wollte mir nicht folgen und so habe ich meine Sachen gepackt und sie verlassen.«

»Bereust du es?«

»Ich habe ihr Herz gebrochen, nur wegen eines Jobs.« Bedauernd schüttelte er den Kopf, als könnte er seine Entscheidung heute nicht mehr nachvollziehen.

»Obwohl du sie geliebt hast, bist du gegangen?«, fragte ich überrascht. Oder seine Liebe war nicht stark genug für sie.

Stumm nickte er.

»Eine Wochenendbeziehung ist dir nicht in den Sinn gekommen?«

»Dafür hatte ich keine Zeit. Du weißt doch, wie das ist, der Ehrgeiz kann einen auffressen. Gerade wenn man neu in einer Firma ist. Eigentlich ging es mir gut dabei. Die viele Arbeit, neue Herausforderungen. Ich war abgelenkt und brauchte so nicht viel über Dani nachzudenken. Nur irgendwann habe ich festgestellt, dass Geld nicht alles und die Stadt nicht das Gelbe vom Ei ist. Die Anonymität hat mich verschluckt. Neue Bekanntschaften in einer fremden Stadt zu finden, ist fast unmöglich. Sicher, man lernt Arbeitskollegen kennen und trifft sich mit denen. Doch ich habe mich einsam gefühlt und bin heimgekehrt. Dani war dann schon mit jemand anderem zusammen. Naiv, wie ich war, dachte ich natürlich, sie nimmt mich zurück. Nur dass die Uhren im Dorf auch ohne mich weiterticken, habe ich wohl verdrängt. Ich weiß nicht, was ich mir dabei gedacht habe, zurückzukehren und da weitermachen zu wollen, wo wir aufgehört haben.« Mit geschürzten Lippen stakste er weiter.

»Vielleicht warst du zu sehr von dir überzeugt«, neckte ich ihn. Auch wenn die Geschichte für ihn schlecht ausgegangen war, freute ich mich im Inneren. »Dann hat sie dir schließlich das Herz gebrochen.«

»Nein, das kann man so nicht sagen. Ich habe ja nie von ihr verlangt, dass sie auf mich warten soll.«

»Und du hast nie eine Frau kennengelernt?«

Um Simons Mund zuckte es verdächtig. »Doch, aber es war nie was Ernstes.« Wie aus dem Nichts blieb er stehen und sah sich um. »Ich höre was«, sagte er und konzentrierte sich weiter. »Thorsten. Er kommt uns holen.«

Er hatte recht. Das dröhnende Geräusch wurde lauter. Und in der Ferne erkannte ich schemenhaft Lichtkegel, die auf uns zukamen.

Simon nahm mich in den Arm und flüsterte mir ins Ohr: »Ich wusste, dass alles gut wird.«

Ein warmes Gefühl durchzog meinen gesamten Körper, obwohl mir eiskalt war.

Der Traktor hielt direkt vor unseren Füßen. »Ihr gehört eindeutig in die Klapse«, meinte der Fahrer mit einem breiten Grinsen auf dem vor Kälte geröteten Gesicht. Er stieg aus und half mir in die Kabine, während Simon behände allein hinaufkletterte. »Ihr habt Glück, dass meine Fanny so verlässlich ist. Nicht jede Frau kann das von sich behaupten.« Fast schon zärtlich strich Thorsten mit der Hand über die Armatur seines Treckers und tuckerte in einer ohrenbetäubenden Lautstärke los.

Irgendwann – in Wahrheit hatte ich nicht mehr daran geglaubt –, erkannte ich Lichter, die eindeutig von einer Siedlung stammten. Häuser mit Strom. Mitten in dieser Pampa. Herrlich. Zu meinem Bedauern schmückten Unmengen von Lichterketten die Gebäude. An jedem Fenster leuchtete mindestens ein Lichterbogen. Hier hielt Weihnachten vermutlich das ganze Jahr über Einzug. Mein Magen verknotete sich. Obwohl ich nichts dringender brauchte als eine heiße Wanne und einen Tee, sagte mir mein Instinkt, dass ich lieber flüchten sollte.

Unsere Fahrt war vorüber. Simon reichte mir bereits die Hand, um mir beim Absteigen zu helfen. Ich nahm sie dankend entgegen.

Das Haus war riesig, genauso wie die Fenster, die genügend Licht nach draußen warfen, um zu erkennen, dass es drinnen nach einer Wichtelwerkstatt aussah. Jede einzelne Faser meines Körpers wehrte sich dagegen, in dieses Gebäude zu treten. Meine verkrampfte Haltung blieb Simon nicht verborgen.

»Meine Eltern lieben Weihnachten. Aber immer noch besser, als hier draußen in dieser bitteren Kälte zu frieren und nicht zu wissen, was weiter passiert.«

Der Aufenthalt in der Kabine des Traktors hatte nur kurz Wärme gespendet, nun kroch die Feuchtigkeit zurück in die Glieder und veranlasste mich, brav zu nicken.

Ein dunkler Gong ertönte, als Simon auf den goldenen Knopf der Klingel drückte. Keine zwei Sekunden später erschien eine Frau, die glückselig die Hand vor ihren Mund schlug, als fehlten ihr die Worte, dabei schimmerte eine Träne in ihrem Augenwinkel. »Simon.« Unvermittelt schloss sie ihren Sohn in den Arm, erst dann bemerkte sie mich und unsere Not. »Kinder, ihr seid ja völlig durchnässt und durchgefroren. Kommt erst einmal herein und wärmt euch auf.«

Das ließen wir uns natürlich nicht zweimal sagen. Simons Mutter zog uns weiter in den Flur hinein und rief: »Schaut mal, wer uns hier besucht. Simon und seine Freundin.«

Ein Plätzchenduft, gepaart mit dem von frisch aufgebrühtem Kaffee, schwängerte den Raum, während wohlige Wärme mein Gesicht aufheizte.

»Wer ist denn noch alles da?«, fragte Simon und streifte sich die Schuhe von den Füßen.

»Manuel und Natalie. Svenja und die Kinder.«

»Allein oder mit Benni?«

»Ohne.« Ein trauriger Unterton schwang in ihrer Stimme mit. Wahrscheinlich um schnellstmöglich das Thema zu wechseln, belagerte Simons Mutter lieber mich. »Du meine Güte. Sie sind ja kurz vor dem Erfrieren. Am besten, Sie nehmen gleich erst mal ein Bad. Natalie«, rief sie dröhnend, »lass bitte die Badewanne volllaufen, aber nicht zu heiß.« Etwas leiser sagte sie zu Simon: »Und du? Möchtest du auch baden?«

»Nein, ich springe schnell unter die Dusche. Hast du etwas zu essen? Wir sind total ausgehungert.«

Da hatte Simon eindeutig recht. Lediglich heute Morgen hatte ich einen Toast und das hatte ich mir regelrecht runtergequält. Seitdem war mein Magen leer und ich fühlte mich deswegen auch so schlapp und zittrig.

»Ich habe eine heiße, selbst gemachte Suppe für euch. Das wird euch guttun.«

»Hi, ich bin Natalie. Komm, ich zeige dir das Bad.« Natalie begrüßte mich mit einem aufgeschlossenen, freundlichen Lächeln und führte mich die Treppe hinauf. Sie war ein paar Jahre älter als ich, trug ihre braunen Haare offen bis auf die Schultern und hatte die gleichen blauen Augen wie Simon. »Ich muss mich für meinen Bruder wohl entschuldigen«, sagte sie, als sie mir die Tür zum Bad öffnete. »Das kann nur auf seinem Mist gewachsen sein, bei dem Wetter unterwegs zu sein. Typisch.« Nachdem sie den Wasserhahn aufgedreht hatte, legte sie mir noch zwei reine weiße Handtücher auf einen Stuhl. Sie beäugte mich skeptisch und fragte: »Hast du Wechselklamotten dabei? Oder soll ich dir etwas leihen?«

»Ich habe alles im Auto zurückgelassen. Ehrlich gesagt habe ich an solche Dinge gar nicht gedacht.«

»Dann bekommst du was von mir.« Sie musterte mich von oben bis unten. »Die Größe passt, aber du bist wesentlich schmaler als ich. Ich schaue mal, was ich so zu bieten habe. Jetzt zieh aber endlich deine nassen Sachen aus. Nicht dass du dir noch eine Lungenentzündung holst.«

Die Tür schloss sich von außen und erst als ich sicher sein konnte, dass ich allein war, legte ich meine Klamotten ab und begab mich seufzend in die Badewanne. Die angenehme Wärme pikste auf meiner Haut, zarter Rosenduft verflüchtigte sich in meiner Nase und endlich schaffte ich es, klare Gedanken zu finden. Natalie war eindeutig Simons Schwester, die gleichen blauen Augen verrieten das. Sie war nett und offenherzig. Ziemlich forsch, vermutlich plapperte sie unentwegt und ungefragt. Simon hingegen war eher zurückhaltend.

Es klopfte dreimal an der Tür, ehe mich Natalies Stimme aus den Gedanken riss. »Ich habe hier eine kleine Auswahl für dich. Ich lege sie dir vor die Tür. In einer halben Stunde ist das Essen fertig. Bis gleich.«

»Danke«, rief ich aufrichtig. Meine Gedanken kreisten darum, ob ich nach dem Bad einfach ins Bett gehen oder höflich die Gastfreundschaft in Anspruch nehmen sollte. Mir war nicht nach Gesellschaft, schon gar nicht, weil ich Simon in so ein Schlamassel gebracht hatte. Außerdem war mir das alles sehr unangenehm, auch dass Simon nun über meine bewegende Vergangenheit Bescheid wusste.

Als ich mich aufgewärmt fühlte, stieg ich schließlich aus dem Wasser. Mit Leichtigkeit umwickelte ich mit dem Handtuch meinen Körper und gönnte mir einen Blick in den Spiegel. Meine Wangen waren gerötet, als hätte ich mich mit zu viel Rouge eingepinselt, ansonsten konnte ich nicht klagen. Vielleicht sah ich ein bisschen müde um die Augen aus. Die Unterwäsche, allen voran der BH, war mir eigentlich zu groß und die restlichen Klamotten schlabberten. Meine Haare band ich mir mit einem Haargummi locker zurück, dann atmete ich dreimal ein und aus und schlich die Treppe hinunter. Im Wohnzimmer herrschte reges Treiben. Simon stand umlagert von seiner Familie und begrüßte alle, jetzt, da er frisch und gewärmt von der Dusche war, herzlich mit einer Umarmung. Ich hielt mich lieber im Hintergrund und machte mir ein Bild von der Lage. Niemand hatte mich bis jetzt bemerkt.

»Das ist so eine Überraschung«, fing seine Mutter an. »Du hattest doch vor, erst Heiligabend zu kommen.«

»Ja, das stimmt. Eigentlich sollten wir jetzt in München sein, aber das Wetter hat es nicht zugelassen«, hörte ich ihn sagen.

»Hast wieder mal deinen Kopf durchsetzen wollen, was?« Thorsten nahm einen Löffel von der köstlich riechenden Suppe und sprach weiter. »Habt ihr in der Stadt kein Radio, oder was? Kein normaler Mensch traut sich bei dem Mistwetter auf die Straßen.«

»Thorsten«, schalt ihn Simons Mutter, »mit vollem Mund spricht man nicht.«

»Jo, jo«, antwortete er und winkte ab.

»Ich wusste gar nicht, dass du ne neue Freundin hast«, sagte schließlich die Jüngste im Bunde.

»Sie ist eine Arbeitskollegin, liebe Svenja. Wo ist eigentlich Benni?« Sein Ton klang bissig.

Svenja fuhr sich über den bereits ausgeprägten Babybauch und funkelte Simon missbilligend an. Zwei Kinder im Alter zwischen zwei und vier tummelten sich vor ihren Füßen. Auf dieses Thema wollte sie offensichtlich nicht weiter eingehen. Jedenfalls antwortete sie nicht auf diese Frage, stattdessen ermahnte sie ihre Brut. »Lea, hör auf damit. Luca!« Auch er bekam einen Rüffel.

Svenja ließ gerade ihre lila schimmernden Haare herauswachsen, vermutlich wegen der Schwangerschaft. Das Nasenpiercing funkelte eigentümlich im Licht. Ihre Augen hatte sie betont dunkel geschminkt, genauso wie ihre Lippen. Dadurch wirkte sie sehr blass auf mich.

»Meinen Sie, wir sollten die Runde einfach stören?«, flüsterte mir eine Stimme ins Ohr. Unbemerkt hatte sich eine weitere Person hinter mich gesellt und spannte ebenfalls neugierig.

Erschrocken drehte ich mich um. Ein großer älterer Herr mit weißen Haaren und weißem, kurzem Dreitagebart schaute mich aus seinen blauen Augen an. Im ersten Moment erinnerte mich der Herr an den Weihnachtsmann, aber das war natürlich Blödsinn. Wahrscheinlich handelte es sich um Simons Vater. Verlegen suchte ich nach einer Erklärung. »Ich wollte nicht stören, deswegen habe ich mir ein Bild gemacht und gewartet, bis alle Ihren Sohn begrüßt haben.«

»Vielleicht bleiben wir einfach hier. Wenn ein Gesprächsthema am Laufen ist, wird uns niemand vermissen und wir können den Eierpunsch allein trinken.« Er lächelte mich verschwörerisch an. »Ich bin Bernhard Hoffmann, Simons Vater. Freut mich.« Zur Begrüßung hielt er mir seine Hand hin, die ich entgegennahm.

»Ines Meinhardt.«

»Was meinen Sie, sollten wir es wagen?«

Ich zuckte die Schultern. »Früher oder später wird man bestimmt nach mir suchen.«

Ein kurzes Aufflackern seiner Augen und sein geschürzter Mund verrieten seine Abenteuerlust. »Kommen Sie.«

Auf leisen Sohlen führte er mich in die große, gemütliche Küche. Auf dem Herd köchelte ein riesiger Topf Suppe, daneben stand ein Korb, gefüllt mit geschnittenem Brot. Gedimmtes Licht erhellte spärlich den Tisch, der für zwei Personen gedeckt war. Bernhard lud mich mit einem galanten Wink ein, Platz zu nehmen, dann schenkte er mir etwas von dem Eierpunsch ein und schließlich füllte er den Teller mit Suppe. Für sich tat er das Gleiche.

Natürlich war dieser Raum voll mit Weihnachtskitsch geschmückt, und ein Schwibbogen erleuchtete die Fensterbank. Ich nippte vorsichtig an der köstlichen Brühe. »Die ist hervorragend.« Mit jedem Löffel, den ich mir einverleibte, kam ich mehr zu Kräften.

»Sie sind also mit meinem Sohn unterwegs nach München«, unterbrach Bernhard die wunderbare Ruhe.

»Ja. Beruflich. Wegen eines Meetings, aber wir werden den Termin verpassen. Ich weiß gar nicht, wie ich das meinem Chef erklären soll.« Und schon meldeten sich meine Bauchschmerzen wieder.

»Ihr Chef weiß bestimmt Bescheid, wenn er die Nachrichten verfolgt hat. Ganz Deutschland versinkt im Schnee. Er wird sich so was schon gedacht haben. Ich verstehe nur nicht …«, Bernhard stockte bei seinem Ansinnen, den Löffel in den Mund zu schieben, »… warum Simon Sie leichtfertig in eine derart prekäre Situation gebracht hat. Sie und Simon hätten erfrieren können.« Herr Hoffmann schien äußerst verärgert über das unüberlegte Handeln seines Sohns zu sein.

»Ehrlich gesagt, habe ich Ihren Sohn in die missliche Lage gebracht. Ich wollte die Sache durchziehen.« Bedächtig legte ich den Löffel an die Seite und stützte die Arme auf den Tisch. Ich wusste nicht, was mich erwartete, ein Donnerwetter oder ein Rauswurf.

Er sah mich mit fassungslosem Gesicht an, dann folgte ein dröhnendes Lachen, das den ganzen Raum erfüllte.

Beunruhigt schaute ich mich um. Was war daran so witzig?

»Simon hat wegen ein paar Flocken den Kopf in den Sand gesteckt? In der Regel zieht er das durch, was er sich vorgenommen hat.« Bernhard wischte sich seine Lachtränen aus den Augenwinkeln und sagte dann ernst: »Solche Frauen wie Sie mag ich. Das ist genau das, was die Zukunft braucht. Jeder sollte sich eine Scheibe von Ihnen abschneiden.« Er trank aus dem Becher und stellte ihn auf den Tisch. Spielerisch drehte er ihn. »Dass Simon weggegangen ist, war gut für ihn. Er hat sich auf jeden Fall zum Positiven entwickelt, und außerdem hat er Abstand zu Daniela bekommen.«

Bernhard schüttete sich von dem Eierpunsch nach und ich war fest der Überzeugung, dass das nicht erst sein zweites Glas war.

Ich mochte ihn auf Anhieb. Er hatte nichts gegen Frauen, die erfolgreich im Berufsleben waren. Außerdem erzählte er freizügig von Simon, ohne dass ich nachgefragt hatte.

»Agnes liebt Weihnachten, sie möchte immer alle um sich herumhaben, wenn wir das schönste Fest des Jahres feiern. Ich brauche das eigentlich nicht. Aber ich habe gelernt, ihr nicht zu widersprechen.« Ein eigentümliches Lächeln umspielte seinen Mund. »Jedes Jahr, seit genau fünfundvierzig Jahren, schmücken wir gemeinsam den Weihnachtsbaum. Eine wertvollere Tradition gibt es wohl nicht.«

»Das hört sich wirklich toll an«, sagte ich aufrichtig und sofort schlich sich ein schlechtes Gewissen bei mir ein, weil ich mich zu Weihnachten immer verleugnen lasse.

Die Tür sprang auf und Simons Mutter stand urplötzlich in der Küche. Sie drehte am Schalter, sodass der Raum seine Gemütlichkeit verlor und ich wegen des grellen Lichts blinzeln musste.

»Hier steckt ihr. Simon«, rief sie laut über ihre Schulter hinweg, »ich habe sie gefunden.«

Keine zwei Sekunden später trat er in die Küche. Er trug einen dicken Rollkragenpullover, dazu Jeans. So leger hatte ich ihn noch nie gesehen. Seine Haare, nass vom Duschen, wirkten dadurch dunkler und seine Augen noch strahlender. »Ich wollte bereits die Seenotrettung losschicken«, scherzte er. »Ich dachte, du wärst eingeschlafen und im Wasser ertrunken.«

»Dein Vater hat mich im Flur abgefangen.«

Agnes lotste ihren Sohn auf einen freien Stuhl. »Komm, Simon, setz dich. Ich mache dir was auf den Teller, bevor du vom Fleisch fällst.« Behände füllte sie eine frische Schale mit der schmackhaften Suppe. »Möchten Sie auch noch etwas?«

»Gerne.«

»Los Bernhard. Wir lassen die beiden allein. Die anderen warten schon auf dich. Dass du aber auch keine Gelegenheit auslässt, dich zu drücken.«

Brummend folgte Simons Vater seiner Frau.

Ich musste schmunzeln. »Dein Vater ist nett«, sagte ich und beobachtete dabei, wie Simon vorsichtig von dem Eintopf kostete. Seine Stirn glättete sich sichtlich.

»Mmm«, stimmte er mir zu.

In einvernehmlicher Stille ließen wir uns das Essen schmecken, lediglich Geschirrgeklapper störte die angenehme Ruhe.

»Meinst du, wir können morgen zurückfahren?«, fragte ich schließlich und sah ihn an. Ein Bartschatten legte sich bereits über seine Wangen, und einzelne Haarsträhnen fielen ihm in die Stirn. Er wirkte müde.

»Wenn es aufgehört hat zu schneien, dann hoffe ich das. Die Nachrichten sagen aber das Gegenteil. Keine Änderung in Sicht.«

»Am Samstag geht mein Flieger«, sprudelte es ungeduldig aus mir heraus, als wäre es seine Schuld, dass wir hier festsaßen.

»Das kriegen wir schon hin.«

Seine stoische Ruhe verärgerte mich. Bevor ich jedoch meine Wut äußern konnte, hörte ich ein Baby weinen.

»Da ist wohl jemand wach geworden«, kommentierte er beiläufig.

Fußgetrappel dröhnte vom Obergeschoss in die Küche. Das Geschrei endete abrupt, als jemand mit dem Säugling die Treppe herunterkam.

Entkräftet vergrub ich mein Gesicht in den Händen. Ein Baby.

»Emilie. Das ist die Tochter von Manuel und Natalie.«

»Ich glaub, das schaff ich nicht.« Ich stand auf und suchte einen Fluchtweg. Weg von diesem Weihnachtsgewimmel und der heilen Familien-Welt. Mein Hals brannte, und eine Armada von Tränen machte sich bereit, um auszubrechen.

»Ines.« Simon hielt mich an den Schultern fest und sah mir tief in die Augen. »Du kannst nicht immer weglaufen, du bist eine starke Frau. Irgendwann musst du über deinen Schatten springen und die Vergangenheit ruhen lassen.«

»Vielleicht nächstes Jahr«, zischte ich. »Ist dein Freund Thorsten noch da? Eventuell kann er mich in ein Hotel fahren.«

»Das ist Quatsch, das weißt du.« Simon beugte sich noch ein klein wenig tiefer zu mir und schaute mir noch intensiver in die Augen.

Mein Herz setzte für einen Moment aus, schnell sah ich weg. »Du verstehst das nicht. Ich habe Tim mehr geliebt als Jack Rose in Titanic. Und er hat mich einfach untergehen lassen. Im eiskalten Wasser.« Ich schluckte trocken. »Jedes Jahr zur gleichen Zeit kommt alles wieder hoch und du verlangst von mir, dass ich über meinen Schatten springen soll. Du weißt gar nicht, was ich durchgemacht habe. Was das mit einem anstellt.« Nun öffneten sich meine Schleusen und dicke Tränen rollten meine Wangen herunter.

Simon fuhr zärtlich mit dem Daumen über meine Schläfe und wischte die nassen Spuren weg. »Doch. Es verändert einen«, raunte er. »Es dreht einen von innen nach außen. Aber irgendwann muss man Dinge akzeptieren. Sie loslassen und weitermachen.«

»Ja, das hat mein Therapeut auch gesagt.« Ich schnaubte und verdrehte die Augen, dann wandte ich den Kopf weg und verzog den Mund. »Ich hätte auf dich hören sollen, dann wäre ich jetzt zu Hause und könnte in Seelenruhe ein Buch lesen und mich auf meinen Urlaub freuen, statt hier in einer Weihnachtsfestung eingeschneit zu sein. Es ist alles meine Schuld. Nur weil ich mir was beweisen wollte.«

Simons Daumen ruhte immer noch auf meiner Schläfe. Bedächtig hörte er mir zu, wie ich mich selbst anklagte. Für einen kurzen Moment dachte ich, er würde sich zu mir herunterbeugen, um mich tröstend in den Arm zu nehmen, wodurch mein Herz versuchte, aus meinem Brustkorb zu galoppieren. Aber ich täuschte mich. Ein leichtes Schmunzeln umspielte seine Lippen, und seine Augen funkelten spitzbübisch, als kitzelte ihn der Schalk. »Du hättest den Teufel getan, auf mich zu hören«, wisperte er und schaute mir tief in die Augen. Und dann, als hätte jemand bei ihm einen Knopf gedrückt, löste er sich von mir und sagte in einem sachlichen Ton: »Wenn du möchtest, bringe ich dich hoch in dein Zimmer. Natalie hat bereits alles vorbereitet. Jeder wird Verständnis haben, wenn du schlafen gehst. Morgen sehen wir weiter.«

Als er sich ganz wegdrehte und aus dem Fenster blickte, beruhigte sich allmählich mein Herzschlag und meine Beine befreiten sich aus dem Wackelpuddingzustand. Ich musste dringend an mir arbeiten. Keine Gefühlsduselei.

Ich folgte seinem Blick und hätte schwören können, dass weniger Flocken aus den dick gefüllten Wolken fielen. Energielos seufzte ich. »Meinst du, das ist in Ordnung? Ich hätte schon ein schlechtes Gewissen, wenn ich einfach so verschwinde.«

»Du, ein schlechtes Gewissen?«, scherzte er und offenbarte seine strahlenden Zähne.

Gespielt ernst boxte ich auf seinen Arm. Ein Kranz Fältchen bildete sich um seine Augen, als er sich die malträtierte Stelle hielt und lachte. »Ich werde dich entschuldigen.«

Kapitel 9

»Kann ich noch irgendetwas für dich tun?«, fragte Simon, nachdem er mich in mein Zimmer gebracht hatte.

Ich schaute mich um. Der Raum war sachlich und rustikal eingerichtet. Das Bett, bei dem lediglich die rechte Seite bezogen war, wirkte kühl auf mich. Wahrscheinlich fror ich darin elendig, obwohl die Decke kuschelig weich aussah. In der Ecke stand ein Stuhl, daneben ein passender Schrank aus hellem Holz. Ich schüttelte den Kopf. »Danke, alles bestens.«

»Ist nicht dein Standard«, meinte er, als wäre ihm die Einrichtung unangenehm.

»Ich werde es überleben.«

»Okay, dann schlaf gut.« Er drehte sich auf dem Absatz und drückte den Türgriff bereits herunter.

»Simon«, hielt ich ihn zurück.

Augenblicklich wandte er sich um. Gespannt sah er mich an.

»Gehst du jetzt auch schlafen?« Ich wusste nicht, warum ich diese Frage gestellt hatte, vielleicht fürchtete ich mich vor der Nacht und zog so seine Anwesenheit gekünstelt in die Länge.

»Nein. Meine Familie und ich, wir haben uns lange nicht gesehen. Es gibt eine Menge zu erzählen.«

Ich nickte. »Gute Nacht.«

»Gute Nacht.« Simon schloss die Tür, und weg war er.

Kurz harrte ich noch aus, dann schlich ich ins Bad. Glücklicherweise befand es sich direkt neben meinem Zimmer, und so schlüpfte ich ohne Zwischenfälle von Tür zu Tür. Natalie hatte gute Arbeit geleistet, sogar an eine Zahnbürste hatte sie gedacht.

Nachdem ich mich fertiggemacht hatte, kroch ich ins Bett, zog die Decke bis über das Kinn und stierte an die Wand. Von unten hörte ich Gemurmel, hin und wieder nahm ich Babygebrabbel wahr. Dann und wann dröhnte lautes Gelächter in mein Ohr. Simons Lachen war besonders tief und herzlich. Vor meinen Augen sah ich regelrecht, wie er Spaß hatte und mit seiner Familie rumalberte. Dann herrschte wieder Ruhe, vermutlich mahnte Agnes ihre Sippe, nicht zu laut zu sein, wegen mir. Mürrisch drehte ich mich von einer Seite zur anderen, aber ich bekam kein Auge zu. Worüber ärgerte ich mich eigentlich? Dass ich hier oben allein lag, obwohl ich genauso gut unten in der netten Runde hätte sitzen können? Nun stülpte ich mir das Kissen über den Kopf und sperrte so die fröhlichen Gespräche aus. Ich brauchte keine Gesellschaft. Irgendwann schlief ich erschöpft ein.

Als ich am nächsten Morgen aufwachte, setzte ich mich auf und sortierte mich. Natürlich. Ich saß in der Weihnachtsbäckerei der Familie Hoffmann fest. Der Blick durch das Fenster verriet mir, dass es immer noch schneite. Der Sturm hatte zwar an Kraft verloren und die Flocken fegten nicht mehr kreuz und quer durch die Luft, sondern schwebten langsam und sacht zu Boden. Aber es schneite. Vor meiner Tür hörte ich plötzlich leises Gemurmel. Es schien, als diskutierten Agnes, Natalie und Simon darüber, ob jemand nach dem Rechten schauen sollte. Es war bereits halb elf vormittags, stellte ich erschrocken fest. Kein Wunder, dass sie sich sorgten. Wahrscheinlich hatten alle schon gefrühstückt, und Simons Mutter kochte bereits das Mittagessen. Dann klopfte es an der Tür und ich zuckte unwillkürlich zusammen. Was sollte ich denn jetzt tun? Mein schlichtes T-Shirt war nicht für fremde Blicke bestimmt. Schon gar nicht für die von Simon. Und meine Haare waren nicht gebürstet. So sollte mich niemand sehen. Rasch legte ich mich auf die Seite, schloss die Augen und tat so, als würde ich schlafen. Die Tür ging langsam auf. Ich hörte ein »Psss«. Das Signal, dass ich noch schlief. Die Tür wurde wieder geschlossen und zaghafte Schritte näherten sich. Es war Simon. Ich roch es an seinem Aftershave. Er setzte sich neben mich, direkt an die Kante, ohne mich zu berühren, trotzdem pochte mein Herz wie bei meiner Sporteinheit.

»Ines?«, flüsterte er kaum hörbar.

Ich reagierte nicht.

Er blieb noch eine ganze Weile neben mir sitzen und betrachtete mich. Obwohl ich die Augen geschlossen hielt, fühlte ich seinen zärtlichen Blick auf mir ruhen.

Behutsam nahm er eine Strähne und ließ sie zwischen seine Finger gleiten. »Ines?«, fragte er abermals. Aber da ich nicht reagierte, stand er auf, schlich auf leisen Sohlen zurück und verließ das Zimmer.

Wieder hörte ich Gemurmel, dann verstummte es hinter der Tür.

Dass ich nicht den ganzen Tag im Bett verbringen konnte, wusste ich, also spornte ich mich an, endlich aufzustehen. Außerdem knurrte mein Magen. Meine Klamotten, die ich zum Trocknen Agnes gegeben hatte, fand ich vor meinem Zimmer, als ich ins Bad schlüpfte.

Mit gekämmten Haaren, ein bisschen Make-up und meinen eigenen Klamotten am Körper kam ich mir wieder wie Ines Meinhardt, die Business-Frau, vor. Und das fühlte sich verdammt gut an. Die unbezwingbare Ines war mir lieber als die sensible. Simon sollte nicht denken, dass ich verwundbar war. Ich straffte die Schultern, stolzierte aus meinem Zimmer in den Flur und kollidierte mit einer Person.

»Aua«, beschwerte sich ein junges Mädchen im Teenageralter und hielt sich den Arm.

»Pass doch auf«, fluchte ich und legte meine Hand auf die malträtierte Stelle. Argwöhnisch beäugten wir uns.

»Wer sind Sie denn?«

»Das frage ich dich. Ich habe dich gestern gar nicht gesehen.« Wie viele Personen befanden sich eigentlich in diesem Haus?

»Ich bin Anna«, stellte sie sich schließlich vor, ohne ihren skeptischen Blick abzulegen.

»Ines.«

»Sie sind die Arbeitskollegin von Simon.« Die Kunst lag wohl darin, das Wort Arbeitskollegin so verächtlich zu unterlegen, dass es gleich eine ganz andere Bedeutung bekam. Sie hätte genauso gut *Betthäschen* sagen können. »Ihretwegen darf ich keine laute Musik hören.« Ihr herzallerliebster Unterton verriet mir ihre Abneigung gegen mich.

Oh, wie es schien, hatte ich gleich eine neue Freundin gefunden. Warum fragte sie, wer ich war, wenn sie es doch wusste? »Nicht mein Problem.« Ich ließ sie links liegen und lief schließlich die Treppe hinunter. Voll pubertär, die Kleine. Je näher ich dem Erdgeschoss kam, desto intensiver berauschte mich ein betörender Kaffeeduft und als umso nichtiger empfand ich den Zusammenstoß mit Anna. Selbstbewusst stolzierte ich gleich in die Küche. Agnes und Bernhard saßen am Tisch und unterhielten sich. Natalie hatte mit ihrem Baby auf dem Arm ihnen gegenüber Platz genommen und hörte andächtig zu. Svenja stützte mit einem gelangweilten Ausdruck ihren Kopf auf dem Arm ab. Ein Weihnachtsgesteck mit brennender Kerze schmückte den Tisch. Und am Kopfende sah ich Simon. Seine Augen leuchteten auf, als ich den Raum betrat.

»Guten Morgen, Ines«, begrüßte er mich fröhlich.

Alle Augenpaare richteten sich nun neugierig auf mich. Auf Anhieb fühlte ich mich unwohl. Ich mochte es nicht, wenn ich angestarrt wurde. Möglicherweise hatte mich Simon gestern Abend als eine zartbesaitete Frau dargestellt, indem er schonungslos meine Geschichte ausposaunt hatte. Und nun erntete ich mitleidige Blicke. »Guten Morgen«, grüßte ich reserviert und kehrte die unerschrockene Geschäftsfrau heraus.

»Wow? Ist das echt Seide?« Svenja nahm unaufgefordert einen Zipfel meiner teuren Bluse zwischen Daumen und Zeigefinger. Hatte sie kein Gefühl für diskrete Distanz und Anstand?

»Selbstverständlich«, antwortete ich. Fluchtartig setzte ich mich neben Simon auf den einzigen freien Platz hier in der Küche.

»Möchtest du Kaffee?«, fragte er mich und machte sich bereits auf den Weg.

»Gerne. Schwarz bitte.« Auf unnötige Kalorien verzichtete ich schon lange.

»Haben Sie Hunger? Wir haben Brötchen, Brot, Müsli …«, zählte Agnes auf.

»Ein Brötchen mit Marmelade bitte.«

Simons Mutter legte ein Gedeck für mich hin und stellte Honig, Marmelade und Butter auf den Tisch, den Kaffee trank ich bereits mit viel Genuss.

»Hast du gut geschlafen?«, erkundigte sich Natalie. An ihrer Brust klebte ein kahles Köpfchen, das schmatzende Geräusche von sich gab. Sie selbst wirkte absolut entspannt.

»Danke, sehr gut«, antwortete ich sachlich und schaute weg. Konzentriert schnitt ich das Brötchen auf und bestrich es hauchdünn mit Butter und einem Teelöffel Marmelade. Mmmh. Wirklich sehr, sehr lecker. Bestimmt selbst gemacht. Nur ehrlich gesagt würde mir das Brötchen wahrscheinlich besser schmecken, wenn nicht jeder meine Bewegungen unter Argusaugen beobachtete. So musste man sich fühlen, wenn man gestalkt wurde.

Still knabberte ich an meiner Brötchenhälfte und wünschte mich weit weg.

Simon räusperte sich, als alle plötzlich betreten und hilflos zu ihm schauten. Natürlich versuchte die Familie, freundlich auf mich einzugehen, aber die Mühe konnten sie sich sparen. Nach dem Essen machten wir uns eh auf den Weg. Hoffte ich jedenfalls. Wozu also die gespielte Höflichkeit?

»Fahren wir dann gleich?«, fragte ich Simon.

Seine Brauen zogen sich zusammen.

»Wo wollt ihr denn hin?« Agnes wirkte besorgt. Sie stand auf und schaute aus dem Fenster. »Es schneit immer noch.«

»Aber der Sturm hat nachgelassen«, klärte ich auf, als wäre dies mein Freifahrtschein aus dieser schrecklichen Weihnachtsfestung. Ich musterte Simon erwartungsvoll, aber die sorgenvolle Furche grub sich weiter in seine Stirn. Kein gutes Zeichen.

Wieder räusperte er sich und fuhr sich verlegen durch die Haare. »Ines«, fing er bedächtig an, »Thorsten und ich sind heute Morgen schon ganz früh los und wollten dein Auto holen.« Er legte eine kurze Kunstpause ein, ehe er weitersprach. »Wir sind nicht weit gekommen.« Bekümmert heftete sich sein Blick auf mich, als täte es ihm leid.

»Was?« Ich schüttelte gereizt den Kopf. »Was soll das heißen?«

»Dass wir fürs Erste hier feststecken.«

Eine gefühlte Ewigkeit musterte ich Simon. Das konnte nur ein Witz sein. Ja, natürlich, sehr witzig. Mir entschlüpfte ein hysterisches Lachen, ich beruhigte mich aber gleich wieder. »So, jetzt mal Scherz beiseite. Wann brechen wir auf?«

Erst sah er zu seiner Familie, ehe er seine Aufmerksamkeit auf mich richtete. »Das war kein Scherz. Wir sitzen hier wirklich fest. Es ist nichts zu machen.«

In Zeitlupentempo legte ich das Brötchen auf meinen Teller, wischte die kalten Hände an meiner Hose ab und fragte vielleicht einen Tick zu förmlich: »Kann ich einen Augenblick mit dir sprechen? Allein?«

»Klar.« Mit langen Schritten ging Simon voran. Heute trug er wieder seine Haare unfrisiert, und einzelne Haarsträhnen fielen ihm verspielt in die Stirn. Sein Norwegerpulli verlieh ihm etwas Raubeiniges. Im Büro erinnerte er mich immer irgendwie an Clark Kent, mit gegelten Haaren und viel zu großer Hornbrille. Aber heute wirkte er zwanglos und entspannt, als wäre er im Skiurlaub. Um sein sonst penibel glatt rasiertes Kinn wuchs ein Dreitagebart. Im Wohnzimmer blieb er schließlich stehen, steckte die Hände in die Taschen und sah gespannt auf mich herab. Der Kamin knisterte, und ein zarter Duft nach frisch geschälten Orangen lag in der Luft. Mehr Weihnachten ging nicht.

Mit verschränkten Armen vor der Brust funkelte ich ihn an. »Ich möchte nach Hause.«

»Ich weiß, aber ich kann es nun mal nicht ändern. Die Straßen sind dicht.« Zur Veranschaulichung zeigte er nach draußen.

»Du hast mir versprochen, dass wir heute weiterfahren.« Trotzig wie ein kleines Schulmädchen schob ich mein Kinn nach vorn. Unterdessen zog Simon die Stirn verwundert hoch.

»Ich habe dir das nicht versprochen. Ich habe lediglich gesagt: Und morgen sehen wir weiter …«

»Das macht für mich keinen Unterschied«, quiekte ich, während ich haltlos meine Arme in die Höhe wirbelte.

»Für mich schon.« In Abwehrhaltung überkreuzte er die Arme.

Ich beäugte ihn abschätzig. »Du tust das absichtlich, oder? Du willst gar nicht, dass wir hier verschwinden. Das ist doch ein falsches Spiel, das du mit mir treibst. Ich rufe jetzt Engelmey an und sage, dass du mich hier festhältst.«

»Er weiß Bescheid. Heute Morgen haben wir telefoniert.«

Mir blieb fast die Spucke weg. Mit ganz viel Selbstbeherrschung vermied ich es, ihm an die Gurgel zu springen. »Du hast, ohne mit mir zu reden, einfach Engelmey angerufen?« Meine Stimme drohte in die höchste Tonlage überzugehen.

»Du hast geschlafen.«

Ich atmete tief ein und zählte ganz langsam bis drei. Das war eindeutig eine Verschwörung gegen mich. »Warum hast du mich nicht geweckt?« Er hatte es versucht, aber ich hatte ihn ignoriert.

»Ich wollte es nicht.«

»Damit du mich auflaufen lassen kannst. Das hast du dir ja schön ausgedacht.«

Simon schnaubte und schüttelte den Kopf, während er sich mit der Hand durch die Haare fuhr. Offensichtlich rang er um Beherrschung.

»Oh Gott. Ich habe dir das Gesäusel auch noch geglaubt. Von wegen, ich nehme dir den Job nicht weg. Pfff.« Wer's glaubt, wird selig.

»Und für einen kurzen Augenblick dachte ich, dass du gar nicht so zickig bist«, entgegnete Simon.

Das brachte das Fass zum Überlaufen. Angriffslustig stand ich ihm gegenüber und funkelte ihn an. Dann löste ich mich von Simons kämpferischer Mimik und schaute aus dem Fenster. Von Weitem rückte offensichtlich eine Schlechtwetterfront an, die deutlich eine Menge Schnee versprach. Kaum wagte ich es, dies in Gedanken auszusprechen, fielen tischtennisgroße Flocken aus den Wolken. »Scheiße«, entwischte es mir.

»Oh, Mann, das ist echt übel«, kommentierte Simon und presste die Lippen aufeinander. »Dann hatte Engelmey wohl recht.«

Verwundert schoss mein Kopf herum und ich sah ihn an.

»Er hat mich heute Morgen angerufen«, erklärte er ohne Aufforderung, »München ist gestern gecancelt worden. Die Wetterlage dort ist wohl noch schlimmer. Wir sollten die Zeit nutzen und schneefrei machen.«

»Er hat dich angerufen?«, fragte ich kleinlaut. »Warum nicht mich?« Wäre das nicht die bessere Option gewesen? Hatte er die Verantwortung bereits an Simon übergeben?

»Er hat es versucht, aber du warst nicht erreichbar. Hast du vielleicht dein Handy ausgeschaltet?«

Mein Gehirn arbeitete auf Hochtouren. Mein Smartphone lag in der Handtasche. Ich hatte es hineingetan, bevor wir das Auto verlassen hatten. Möglicherweise war der Akku leer, ich hatte morgens schon versäumt, es zu laden.

»Warum hast du mir das nicht gleich gesagt?«, fragte ich vorwurfsvoll.

»Hätte das einen Unterschied gemacht?« Mit vorgeschobenem Kinn funkelte er mich an. »Statt irgendwelche Behauptungen aufzustellen, hättest du dich erkundigen können.«

Das hätte ich wohl, aber das gab ich natürlich nicht zu.

Bei der Erkenntnis, dass ich nicht vorhatte, mich bei ihm zu entschuldigen, ließ er mich ohne ein weiteres Wort stehen. Ein kurzer, kalter Windstoß verriet, dass er raus in die Kälte gestürmt war. In einem Anflug von Reue wäre ich ihm am liebsten gefolgt, aber Agnes hielt mich davon ab. Wie ein Geist stand sie plötzlich vor mir, in der Hand einen gefüllten Plätzchenteller.

»Lassen Sie ihn«, sagte sie, »er wird sich wieder beruhigen. Sie sollten jetzt erst einmal etwas essen.«

»Hat Simon sich etwa geärgert?« Natalie schüttelte sich die letzte Schneeflocke aus den Haaren, nachdem sie geradewegs in die Küche gestolpert gekommen war. »Der hackt im Schuppen wie bescheuert Holz.«

»Dann wird uns nicht kalt«, entgegnete Agnes mit einem Schmunzeln. Ich hingegen biss mir auf die Unterlippe.

»Für den Rest unseres Lebens«, vervollständigte Natalie mit einem Stirnrunzeln und steckte ihre Nase in eine dampfende, wohlriechende Tasse Tee, die ihr Agnes mütterlich angeboten hatte. »Mmm. Danke.«

Räuspernd meldete ich mich zu Wort. »Das ist wohl mein Verdienst«, klärte ich Natalie auf und tat so, als wäre es mir gleichgültig. Dabei war es mir das nicht.

Mit einer wegwerfenden Geste winkte sie ab. »Ach, der beruhigt sich wieder. Simon ist oft eingeschnappt. Er ist sogar sauer auf mich, weil ich zwei Minuten älter bin als er.«

»Ihr seid Zwillinge?«, fragte ich überrascht. Sicher, die beiden hatten die gleichen durchdringenden blauen Augen, aber zweieiige Zwillinge mit ungleichem Geschlecht sahen sich generell nicht ähnlich.

Natalie lachte heiter. »Ja. Das denkt niemand, aber es ist so. Übrigens bin ich die Intelligentere.« Herzhaft biss sie in ein Plätzchen und sah mich dabei amüsiert an.

Unverhohlen musterte ich sie. Eins stand fest, Simon war clever. Alles, was ich ihm erklärt hatte und wichtig für die Firma war, hatte er aufgesogen wie ein Schwamm. Teilten sie sich vielleicht die Intelligenz?

Stöhnend gab sie auf und hob die Hand. »Schon gut. Simon ist mit Abstand der Gescheitere. Wie ich es hasse, das zuzugeben.«

»Du hast andere Vorzüge, mein Kind«, entgegnete Agnes und klopfte ihr im Vorbeigehen auf die Schulter.

»Ja, klar. Nur muss ich erst einmal herausfinden, was das für welche sind.« Natalie beugte sich ein wenig über den Tisch, als wollte sie mir ein Geheimnis anvertrauen. »Er ist so sehr auf Harmonie aus, dass einem schlecht wird. Obwohl …«, sie wiegte den Kopf hin und her, »er kann aber auch tagelang schmollen und kein Wort mit einem sprechen. Wirklich schwierig, unser Simon.«

»Jeder ist so, wie er ist«, verteidigte Agnes ihren Sohn, während sie mit einem Holzlöffel im Topf rührte.

Bei der Überlegung, ob ich ihn aufsuchen und mit ihm sprechen sollte, kamen die zwei Kinder inklusive ihrer Mutter Svenja in die Küche und belagerten den Raum. Ein plötzliches Durcheinander und eine Lautstärke, die ihresgleichen suchte, herrschten im Raum, was mich dazu veranlasste, das Zimmer schnellstmöglich zu verlassen. Außerdem war es mir ein Anliegen, mein Handy zu checken. Wenn Simon tatsächlich recht hatte, dann müsste es einen verpassten Anruf von Engelmey anzeigen.

»Vielen Dank für das Essen, Frau Hoffmann. Ich habe noch was zu erledigen.«

»Nichts zu danken, meine Liebe. Ich stelle Ihnen gleich noch ein paar schneefestere Schuhe hin, falls Sie mal rausgehen möchten. Mütze und Schal auch.« Konzentriert rührte sie weiter in ihrem Topf und summte vor sich hin.

Wahrscheinlich war das ein versteckter Hinweis, dass ich nach ihrem Sohn sehen sollte. Aber das würde ich erst, nachdem ich auf mein Handy geschaut hatte.

Kapitel 10

»Scheiße.« Engelmey hatte mich tatsächlich mehrmals angerufen, stellte ich fest, nachdem ich das Ladekabel an mein Handy angeschlossen hatte. Auch wenn ich es nicht wahrhaben wollte, die unerlaubten Gefühle für Simon lösten Gewissensbisse in mir aus. Mein Herz schrumpelte zur Größe einer Rosine zusammen. Ohne lange zu überlegen, entschied ich, mich dick anzuziehen und ihn aufzusuchen. Wenn wir hier schon in dieser verschneiten Einöde festsaßen, dann bitte ohne Auseinandersetzungen. Über meine Bluse zog ich den viel zu großen Pulli von Simon. Er pikste an den Stellen, wo die Seide nicht schützte, aber er wärmte. Obwohl ich ihn gestern bereits getragen hatte, dominierte Simons Geruch in dem groben Wollstoff.

Im Flur standen schon dicke Moonboots, Mütze und Schal lagen ebenfalls bereit. Rasch schlüpfte ich hinein und öffnete die Haustür. Große Flocken flogen mir entgegen, die sofort in dem warmen Haus nasse Pfützen hinterließen. Im Grunde wusste ich gar nicht, wo ich nach Simon suchen sollte, machte mich dennoch auf den Weg und trotzte dem Wetter.

In einem abgelegenen, dunkel gestrichenen Schuppen, dessen Farbe hier und da abblätterte, brannte Licht. Mit Mühe watete ich durch den Schnee und klopfte an die angelehnte Tür. An den Geräuschen hörte ich, dass Simon immer noch Holz hackte. Vorsichtig schlüpfte ich durch den Spalt und befand mich nun in einem kläglich beleuchteten Raum, in dem es durch alle Ritzen zog, aber herrlich nach frischem Holz roch. Obwohl es hier bitterkalt war, trug Simon keine Jacke, lediglich ein T-Shirt, und spaltete mit einer Axt wie besessen Holzscheite, die sich bereits in Massen neben dem Eichenklotz sammelten. Sein Pullover lag achtlos daneben. Auf seiner Stirn bildeten sich schon winzige Schweißperlen, die in dem schummerigen Licht nur zu erahnen waren. Er wischte sich fahrig mit dem Arm über die Stirn, legte seine Axt an die Seite und stapelte die fertigen Scheite an der Wand. Erst jetzt bemerkte er mich. Er stoppte in seiner Bewegung und musterte mich kritisch. »Hier draußen ist es zu kalt für dich«, sagte er monoton, wandte sich von mir ab und stapelte weiter. »Geh lieber wieder ins Warme.« Dann nahm er seine Axt erneut auf und hackte weiter.

»Dir scheint es ja auch nichts auszumachen«, entgegnete ich achselzuckend.

Simon verzog verächtlich den Mund, als er mit Wucht auf das nächste Stück Holz einhieb.

Beeindruckt sah ich zu, wie jeder einzelne Muskel bei seinen Bewegungen spielte. Ästhetisch, fest und athletisch, ohne monströs zu wirken, hatte ich in jener Nacht seinen stählernen Körper ertastet. Ich schluckte trocken bei den vorbeischießenden Bildern. Hastig riss ich mich von seiner Statur los. Statt an die längst vergessenen gemeinsamen Stunden zu denken, schaute ich mich neugierig um. Sägespäne lagen verstreut auf dem Boden und sperrten die von der Erde kriechende Kälte aus. Außer einer Menge Holz befand sich hier nichts. Eine wahrscheinlich uralte Holzleiter führte auf eine Hochebene, wo Heu gelagert wurde. Einzelne Halme lugten hervor. Weil Simon verbittert weiterhackte und mich ignorierte, ließ ich es mir nicht entgehen, dort hinaufzuklettern.

Mit einem Mal verstummte sein eintöniges, rhythmisches Spalten, und ich vernahm, wie er ebenfalls die knarrende Leiter erklomm.

Wie ein Hüne baute er sich vor mir auf und funkelte mich durch seine blauen Augen an. Reflexartig machte ich einen Schritt zurück, dabei mied ich seinen Blick. Die Ebene war nicht besonders groß, der Boden großzügig mit Heu bedeckt. Bestimmt wärmte es mich, wenn ich mich draufsetzte.

»Es ist gefährlich, sich hier aufzuhalten. Es gibt keine Absturzsicherung.«

In der Tat. Die Hochebene war kein abgeschlossener Raum. Ein falscher Schritt und ich würde rücklings eine Etage tiefer auf dem harten Boden liegen. Trotzig setzte ich mich einfach auf das piksende Heu. »Mir gefällt die friedliche Stille hier oben. Ohne Weihnachtsschnickschnack, ohne Kinder. Na ja, du weißt schon …« Ich lächelte verkniffen.

Ächzend ließ er sich dicht neben mir nieder und fuhr sich mit der Hand durch die staubigen Haare.

»Ich war ne blöde Kuh. Engelmey hat mich wirklich angerufen«, entschuldigte ich mich, legte den Kopf auf meine angewinkelten Beine und musterte ihn.

Schweigend nickte er. Ich nahm an, dass er meine Abbitte akzeptierte.

»Als ich Kind war, war das mein Lieblingsplatz«, erzählte er. »Wenn es mir zu viel wurde, habe ich mich gerne hier hoch verkrümelt.«

Ich lauschte seiner tiefen Stimme, die mir mittlerweile sehr vertraut war.

»Svenja ist das Pflegekind meiner Eltern.«

Mein Kopf fuhr herum und unsere Blicke trafen sich. »Das wusste ich nicht.«

Seine Mundwinkel zuckten. »Mit vierzehn ist sie damals zu uns gekommen. Da hatte sie bereits einen Drogenentzug hinter sich, mehr Chipstüten zum Frühstück gegessen als manch andere im ganzen Leben. Meine Eltern haben ihr ein Leben geschenkt, was sie sonst nie bekommen hätte. Sei ein bisschen nachsichtig mit ihr. Alte Gewohnheiten lassen sich nicht immer einfach so wegpacken.«

»Ich mag es nicht, wenn man mich ungefragt begrapscht«, erinnerte ich ihn an die Blusengeschichte vorhin in der Küche.

Er nickte still und fuhr nachdenklich fort: »Ich habe wirklich alles getan, was in meiner Macht stand. Ich habe versucht, uns heil nach München zu bringen. Was gründlich in die Hose gegangen ist. Jetzt sind wir hier gestrandet, jeder ist nett zu dir. Ich wäre dir sehr dankbar, wenn du das irgendwie akzeptierst.« Simon senkte seine Stimmlage und drehte einen Halm wie hypnotisiert zwischen den Fingern. »Und vor allem, wenn du mir mehr Vertrauen schenkst.«

»Ich habe mich bei dir entschuldigt.« Reichte das nicht?

»Ines.« Er unterbrach sich kurz, dabei schürzte er den Mund und fuhr besonnener fort: »Lass uns einen Deal aushandeln. Solange wir hier gefangen sind, sieh mich nicht als Konkurrenz und Arbeitskollegen. Sieh mich als Freund, als einen Freund. Das macht es für uns alle einfacher.«

»Das geht nicht«, sprudelte es aus mir heraus.

»Warum?« Simons Ausdruck drückte Betroffenheit aus.

Weil ich selbst einen Handel mit mir und meinem Herzen habe, und ich breche keine Abmachung, hätte ich ihm am liebsten an den Kopf geworfen, ach was, angeschrien hätte ich ihn, wenn es nach mir ginge. Aber ich behielt es für mich. Auf keinen Fall konnte ich Simon als Freund ansehen, sonst hätte ich verloren, und das durfte ich nicht zulassen. Der Schmerz wäre zu groß. »Es tut mir leid, Simon. Aber das kann ich nicht.«

»Ein Versuch wäre es wert.«

Entkräftet schloss ich die Augen und atmete tief aus. In stoischer Ruhe schüttelte ich den Kopf. Ich kann einfach nicht. Meine Gefühle für ihn standen eh schon im Streit mit meinem Verstand.

»Du wirst eingehen, wenn du nichts mehr an dich ranlässt.«

»Mir geht es gut dabei.«

Ächzend fuhr er sich mit der Hand über den Nacken. »Gib dir eine Chance. Sonst erfrierst du. Du bist auf dem besten Weg dahin.«

Ruckartig fuhr mein Kopf herum und ich musterte ihn auffordernd. »Du willst mir sagen, dass ich ein Herz aus Eis habe?«

»Wenn du es so umschreiben willst, ja.«

Das ließ ich mir nicht bieten. Wütend erhob ich mich und stemmte meine Arme in die Hüfte. Simon richtete sich ebenfalls zu voller Größe auf. Tausend Dinge fielen mir ein, die ich ihm an den Kopf werfen wollte, aber in dem Moment flog die Schuppentür auf und eine Stimme ertönte von unten.

»Simon?«

Es war Manuel.

Während ich nach Gemeinheiten suchte, legte Simon beschwichtigend seine große Hand auf meine Schulter und sah mich entschuldigend an. Seine harten Worte schien er zu bereuen.

Wutentbrannt schlug ich seinen Arm weg und stob die knarrende Leiter hinab. Ich verließ ohne ein weiteres Wort den Schuppen. Den überraschten Blick von Manuel mied ich. Bevor ich zurück ins Warme stürzte, blieb ich vor dem Schuppen stehen und spitzte die Ohren.

Das knarrende Geräusch der Leiter verriet, dass Simon herunterkletterte. »Hey, was gibt's?«

»Was machst du hier?«, fragte Manuel.

»Nichts.« Simons gereizter Ton schien in der kalten Luft zu vibrieren.

Ein kehliges Lachen drang durch die Ritzen. »Du hast doch Ines nicht den Heuboden präsentiert, wo du dein erstes Mal hattest. Oder wolltest du ihr zeigen, was man da so alles treiben kann?« Wieder schwang Lachen durch den Bretterverschlag.

»Ach, halt die Klappe, Manuel«, war das Letzte, was ich hörte, ehe ich ins Haus stürmte.

So ein Mistkerl, schimpfte ich. Mich belehren zu wollen. Und ich hatte vorgehabt, mich bei ihm zu entschuldigen. Ich brauste hoch in den ersten Stock, wo sich Anna zufällig aufhielt. Wir musterten uns misstrauisch, als wir uns im Flur begegneten.

»Hi«, sagte sie.

»Hi«, erwiderte ich.

»Sie sehen wütend aus. Haben Sie sich mit Simon gestritten?«

Kritisch beäugte ich Anna. Hatte sie etwa hellseherische Fähigkeiten? Ich wiegelte ab. »Simon ist mir so was von egal.«

»Warum ärgern Sie sich dann über ihn, wenn er Ihnen egal ist?«, fragte sie forsch und ließ es sich nicht nehmen, einfach mit in mein vorübergehendes Schlafzimmer zu kommen.

Erwischt. Ja, warum eigentlich? Er sollte mir am Arsch vorbeigehen, stellte ich ärgerlich fest. Außerdem hätte ich Anna hochkant rausschmeißen müssen. Waren hier in der Familie alle so taktlos? Geflissentlich ignorierte ich die absurde Frage. »Warum drückst du dich eigentlich immer hier oben rum, statt unten *Weihnachten* zu feiern.«

»Ich hasse Weihnachten.«

Verwundert betrachtete ich sie. »Wie alt bist du?«

»Vierzehn.« Ohne mich eines Blickes zu würdigen, sah sie sich im Zimmer um.

»In deinem Alter sollte man Weihnachten nicht hassen.«

»Sie tun es doch auch.« Immer noch erkundete sie den Raum, als suchte sie nach etwas Bestimmtem.

Genervt schloss ich die Lider. »Das ist etwas anderes. Mit vierzehn habe ich mich noch darauf gefreut.«

Anna machte mich nervös mit ihrem ständigen Aushorchen.

»Woher weißt du das überhaupt? Hat Simon mit dir darüber geredet?«

»Och, ich kriege so einiges mit«, sagte sie beiläufig und fuhr mit dem Zeigefinger über die Fensterbank, als wäre sie auf der Suche nach einem Staubkorn.

Ich formte meine Augen zu Schlitzen. Hatte sie uns im Schuppen belauscht? Möglich. »Hast du einen Freund?«

Anna sah ein wenig verbissen aus, aber sie war hübsch. Für ihre vierzehn Jahre wirkte sie noch sehr schlaksig, doch in den nächsten Jahren würde sich das ändern, und wenn sie nicht auseinanderging wie ein Hefekloß, dann standen ihr alle Türen und Tore offen. Jedenfalls, was die Männerwelt anbelangte.

»Nein.« Sie klang abschätzig, als hätte ich ihr angeboten, einen Fliegenpilz zu essen. »Ich will Karriere machen.«

Jetzt wurde es interessant. »Tatsächlich?« Erstaunt hob ich die Brauen.

»Ja.«

»Und was willst du mal werden?«

»Anna!«, rief es die Treppe hoch. Eindeutig Natalies Stimme.

Mit rollenden Augen stöhnte sie: »Was will die denn schon wieder?«

»Anna!« Diesmal klang Natalie auffordernder.

»Jaha«, antwortete sie gereizt. »Wahrscheinlich gibts jetzt Kaffee und Kuchen.« Angewidert verzog sie den Mund.

»Komm runter!«

Ohne auf meine Frage einzugehen, verabschiedete sie sich von mir.

Komisches Kind.

Der Streit mit Simon ging mir nicht mehr aus dem Kopf. Ich musste mit jemandem reden. Am besten mit Nadine. Vielleicht hatte die eine zündende Idee, aus dieser Hölle zu entfliehen.

Ich wählte ihren Kontakt und rief sie an.

»Oh my God«, entfuhr es meiner Freundin aufgeregt. »Dass du dich endlich mal meldest. Was ist bei dir los und wo bist du in Herrgottsnamen?«

»In der Weihnachtsbäckerei«, antwortete ich zynisch und ließ mich rücklings auf das Bett fallen.

»Hä? Scheiße. Wo soll das sein?«

Ich rollte mit den Augen. »Ich bin bei den Hoffmanns. Und weißt du was? Hier ist mehr Weihnachten als in *Whoville* und ich …«, im Flüsterton sprach ich weiter, »… ich bin der Grinch.«

Nadine lachte. »Was machst du denn da?«

Ich erzählte ihr die ganze Geschichte. Von A bis Z. Ohne mich zu unterbrechen, hörte sie mir gespannt zu. »Wir streiten uns die ganze Zeit«, jammerte ich.

»Oh, Mann. Das hört sich wie ein altes Ehepaar an, das sich über eine nicht zugeschraubte Zahnpastatube zankt.«

»Er hat behauptet, mein Herz wäre aus Eis.« Ein bisschen mehr Feingefühl von meiner Freundin hatte ich da schon erwartet.

»Du hast ein Herz aus Eis«, bestätigte sie.

»Nein«, widersprach ich rigoros.

»Wann hast du denn mal etwas Uneigennütziges, Barmherziges, Selbstloses getan?«

Ich zog die Stirn kraus und kramte in dem letzten Kämmerchen meines Hirns. Kann doch nicht so schwer sein, etwas zu finden. »Ich habe meiner Nichte einen netten Brief mit fünfzig Euro geschickt«, fiel mir siedend heiß ein.

»Das zählt nicht. Du hast dich damit freigekauft. Deswegen konntest du einen Besuch wunderbar umgehen.«

Mist, da hatte sie wohl recht. »Ich habe der Azubine letzten Donnerstagnachmittag freigegeben.«

»Ja. Das stimmt, aber nur weil du ihr das Berichtsheft um die Ohren geschlagen hast, damit sie es schnellstmöglich ausbessert. Und sie hatte nur einen Nachmittag Zeit. Dafür musste sie Freitag länger bleiben.«

Du meine Güte. War ich etwa zu streng? Aus Nadines Mund hörte sich das übertrieben herrisch an. Okay. Ich grübelte etwas länger nach. Irgendetwas musste doch für mich sprechen. »Ich habe Simon jeden einzelnen Mitarbeiter vorgestellt, obwohl es mir echt gegen den Strich ging.« Jawohl, diesmal heimste ich mir den Sieg ein.

Nadine machte ein hupendes Geräusch. Ähnlich wie bei einer Quizsendung, wenn ein Kandidat danebenlag. »Mööōp. Du bist vom Engelmey gezwungen worden. Dir blieb keine andere Wahl.«

»Okay. Dann eben nicht.« Getroffen gab ich auf. »Ich habe ein Herz aus Eis. Wie die Eiskönigin. Ist doch egal. Hauptsache, ich sehe gut aus«, scherzte ich, obwohl mir hundeelend war.

»Die Eiskönigin hat aber den Bann gebrochen. Durch Liebe.«

»Ja. Klar. So enden alle Märchen und Disneyfilme. Durch Liebe lassen sich alle Probleme lösen. Blablabla.« Wie kitschig und einfallslos. »Warte mal«, rief ich aufgeregt. Das war absurd, was mir gerade durch den Kopf ging.

»Was ist?«, fragte Nadine, »liegt Santa Claus nackt auf deinem Bett?«

Ich war fassungslos, wie einfach meine Freundin strukturiert war. »Nein, aber weißt du, was komisch ist?«

»Was?«

»Ich habe doch die Sternschnuppe gesehen.«

Nadine stöhnte. »Ines, Süße. Ich weiß, dass du einen Hang zum Übernatürlichen hast. Aber Sternschnuppen sind nur Gesteinsteilchen, die in der Atmosphäre verglühen.«

»Nachdem ich sie gesehen habe, ging alles schief. Bestimmt, weil ich vergessen habe, mir etwas zu wünschen«, sinnierte ich. »Es hat furchtbar angefangen zu schneien. Dann hat Engelmey mir Simon vor die Nase gesetzt. Unsere Geschäftsreise, die gründlich in die Hose gegangen ist. Und jetzt sitze ich hier fest und verpasse womöglich noch meine Reise nach Hawaii. Irgendjemand da oben hat etwas gegen mich und lässt mich büßen.« Erschöpft vergrub ich das Gesicht in den Händen.

»Scheiße, Ines. Du hast einen Burn-out oder so. Geh mal zum Arzt.«

»Was soll ich denn jetzt tun?« Erschüttert setzte ich mich auf.

»Schwing dein hübsches Ärschchen hierher und wir starten was gemeinsam. Wir gehen aus und machen die Nacht durch. Eins steht fest, du brauchst unbedingt mal wieder etwas zwischen die Beine, dann spinnst du auch nicht mehr so rum.«

»Nein«, grübelte ich. »Ich muss jetzt auflegen.« Rasch tippte ich sie weg und sprang aus dem Bett. Mein Herz klopfte bis zum Hals. »Simon«, sagte ich laut, obwohl mich niemand hörte. »Vielleicht kann er mir helfen.«

Kapitel 11

Die gesamte Familie hielt sich im Wohnzimmer auf. Ein eigentümlicher Geruch von Kaffee und frisch gebackenem Kuchen drang durch das gesamte Untergeschoss. Schnell schlüpfte ich in das Zimmer. Vor der Tür blieb ich stehen. »Simon«, rief ich und versuchte seine Aufmerksamkeit zu erregen.

Konzentriert beugte er sich über ein Spielbrett. Als er mich bemerkte, schaute er verwundert auf.

»Kann ich dich kurz sprechen?«

Er beäugte mich, als erwartete er das Schlimmste. Doch dann stand er auf, stob an mir vorbei und blieb schließlich im Flur stehen. »Ines. Es tut mir leid, wenn ich …«

Barsch zog ich ihn weiter in die Küche und schloss gewissenhaft die Tür. Wie sollte ich ihm verklickern, dass ich und mein Pech uns hierhergebracht hatten, ohne dass er mich in die nächste Psychiatrie einwies? »Du hast recht«, offenbarte ich plump.

Simons Augenbrauen gingen überrascht in die Höhe. »Womit?«

»Ich bin tatsächlich herzlos. Ich habe ein Herz aus Eis. Wie du es gesagt hast.«

»Ines, es war nicht so gemeint. Ich kann nicht über dich urteilen …«

»Du musst mir helfen«, unterbrach ich ihn und schaute ihn auffordernd an.

Simon schloss sichtlich entkräftet die Augen und atmete tief aus. »Es schneit unentwegt, die Straßen sind unpassierbar. Ich kann Thorsten mal fragen, aber selbst mit seinem Traktor …«

»Nein. Das meinte ich nicht«, fiel ich ihm erneut ins Wort.

Über Simons Kopf schwebte ein riesiges Fragezeichen. »Nicht?« Stutzig sah er auf mich herab.

»Es ist schwierig, dir mein Problem verständlich zu machen, vermutlich hältst du mich für verrückt.«

»Du sprichst in Rätseln.«

»Okay, dann erkläre ich es dir.« Minutiös berichtete ich ihm von der Erscheinung am Himmel und dass ich seitdem vom Pech verfolgt wurde. Mein mieses Verhalten nicht zu vergessen, was möglicherweise das schlechte Wetter herbeigerufen hatte. Das alles zusammen versprach Unglück.

Seine Mundwinkel hoben sich amüsiert, aber wenigstens lachte er mich nicht aus.

»Was denkst du?«, fragte ich ängstlich, nachdem ich meinen Vortrag beendet hatte.

Simon schüttelte den Kopf. »So etwas gibt es nicht«, sagte er abgeklärt. Mit verschränkten Armen funkelte er mich an. »Was hast du vor?«

Nervös leckte ich mir die Lippen, die sich trocken anfühlten, während mein Herz im Galopp schlug. Dann offenbarte ich ihm meine Idee. »Vielleicht wäre es gut, wenn wir so tun, als würden wir die Zeit zurückdrehen. Wir lernen uns gewissermaßen noch mal kennen. Nur dass ich diesmal die Wahrheit sage. Wer ich bin, was ich arbeite.«

Simon zeigte keine Gefühlsregung, stumm starrte er mich an. Nach schier endlosen Sekunden brach er in schallendes Gelächter aus. »Das ist dein Plan?« Vor der nächsten Frage schnappte er nach Luft. »Du willst unser Kennenlernen noch mal inszenieren, damit es aufhört zu schneien?«

Es bereitete ihm offensichtlich Vergnügen, mich so am Boden zu sehen. Ehrlich gesagt hörte sich das tatsächlich bescheuert an. Er zweifelte nun wahrscheinlich an meinem Verstand.

Simons Lachanfall ebbte allmählich ab. Er legte den Kopf schief und fixierte mich. »Nein.« Als hätte ich ihn beleidigt, drehte er sich weg, aber ich bekam ihn am Arm zu fassen und wir standen uns nun gegenüber.

Flehentlich blickte ich zu ihm hoch. Seine Haare standen zerzaust ab, als hätte er sie gerauft.

»Und diesmal verschwindest du nicht, sondern bleibst die Nacht bei mir?«, fragte er bissig. »Glaubst du wirklich, ich gehe mit dir ins Bett, nur weil du meinst, es wäre die Lösung für all deine Probleme?«

Natürlich hörte sich das absurd an, aber es wäre einen Versuch wert. Abgekämpft schloss ich die Augen. »Ja.«

Simon schnaubte. »Und, was ist dann? Was ist, wenn wir das alles noch mal durchleben. Meinst du, der Himmel reißt über uns auf und die Sonne kommt hervor? Es geht wieder nur um dich. Was mit mir ist, ist dir doch völlig egal.«

»Was ist so schlimm daran? Ich hatte nicht den Eindruck, als hättest du dich unwohl bei der Sache gefühlt.«

»Den Abend mit Michelle habe ich sehr genossen, da gebe ich dir vollkommen recht.«

Diese verdammte Lüge. »Das ist doch total albern. Ich bin Michelle. Ich meine, Michelle ist Ines.« Ach verdammt.

Simon fuhr sich mit der Hand über den Nacken, gedankenverloren schüttelte er den Kopf und drehte sich weg, sodass er aus dem Fenster schaute. »Ich werde dir nicht den Gefallen tun. Schon allein aus dem Grund nicht, weil ich kein Spielzeug bin, das du nach Lust und Laune herbeiholst. Es wäre etwas anderes, wenn es von Herzen käme. Aber du vertrittst hier lediglich deine Interessen und trampelst auf den Gefühlen anderer herum.«

Langsam nickte ich. Wenn ich wirklich etwas bewegen wollte, dann war dies der falsche Ansatz. Simon hatte recht. Ich sah zu ihm hoch. Eine Träne in meinem Augenwinkel löste sich bereits und rollte hinunter. Wie dumm ich mir gerade vorkam. »Ich glaube, ich verliere den Verstand.«

Simon schenkte mir ein sanftes Lächeln und strich mir zärtlich über die Wange. »Sternschnuppen bringen Glück, kein Wetterchaos. Wenn man eine sieht, wünscht man sich etwas. Gesundheit, ein langes Leben. Vielleicht auch ein neues Auto. Und du bist nicht für den vielen Schnee verantwortlich.«

In seinen Augen lag so viel Herzlichkeit, dass mir schier schwindelig wurde. Jeder andere hätte mich in eine Klapse geschickt, aber er nicht. Simon hielt zu mir.

»Komm.« Er griff nach meiner Hand und führte mich zurück in das weihnachtliche Zimmer.

Alle Augenpaare schauten mich neugierig an. Die heiteren Stimmen, die eben noch durch das gesamte Haus geschwungen waren, verstummten. Eine knisternde, angespannte Ruhe schwängerte den Raum. Wobei das Knistern eher von dem Kamin stammte. Unwillkürlich zuckte ich zusammen, als Natalies Baby sich muckste. Simon bemerkte sofort meine Unbehaglichkeit und räusperte sich. »Ines möchte gerne bei unserem Spiel mitmachen. Sie ist in meinem Team.«

Spiel, Team? Äh. Verdutzt schaute ich zu Simon hoch, der mir ein Lächeln schenkte.

»Das ist unfair«, sagte Svenja, »vielleicht ist sie genauso gut wie du, dann haben wir gar keine Chance mehr.«

»Das sehe ich auch so«, mischte sich Manuel ein.

»Moment, Moment«, beschwichtigte Agnes. »Vielleicht sollte Ines selbst wählen, in welchem Team sie sein möchte.« Auffordernd blickte sie mich an.

»Um was für ein Spiel handelt es sich denn genau?«

»Tabu«, antwortete Natalie, als wäre die Frage ungerechtfertigt gewesen.

»Also, in welchem Team möchtest du sein?« Natalies Augen waren flehentlich auf mich gerichtet.

Ich schenkte Simon ein tadelloses Lächeln und sagte schließlich: »Ich bin bei Simon.«

Ein Mix aus Freude, Jubel, Klagen und Jammern dröhnte durch den Raum. Es schien, als wollte jeder in meiner Mannschaft sein. Dabei wussten sie gar nicht, ob ich wirklich gut genug war. Der Klassiker Tabu stellte sich als Weihnachtsedition heraus, was mir anfangs Bauchschmerzen bereitete, aber wenn ich das durchziehen wollte, dann musste ich über meine Grenzen gehen. Simon sah es ebenso und zwinkerte mir verschwörerisch bei der Vorbereitung des Spiels zu.

Während unser gegnerisches Team an einzelnen Wörtern hing und Punkte verlor, lief es bei uns wie am Schnürchen. Simon und ich errieten fast alle Wörter und lagen somit mit Abstand weit vorn. Sobald er anfing zu erklären, erriet ich prompt das gefragte Wort, andersherum war es genauso. Wir ergänzten uns hervorragend. Nur leider fingen die anderen an, sich zu langweilen.

»Das war mir doch klar«, maulte Svenja aus der gegnerischen Mannschaft. »Studierte Menschen sind einfach besser als wir, da hat doch keiner eine Chance.« Resigniert erhob sie sich und krümmte ihren Rücken, sodass sie ihren offensichtlich schwangeren Bauch nach vorn drückte. »Kommt, ihr Süßen«, rief sie ihre Rasselbande zusammen, »lasst uns nach draußen gehen, ihr müsst gelüftet werden.« Beleidigt zog Svenja mit ihren Kindern ab.

»Draußen ist es zu kalt«, mahnte Agnes, aber ihre Tochter hörte sie nicht mehr. »Na gut, dann bereite ich mal das Abendessen vor.« Ungelenk stand sie auf und verabschiedete sich in die Küche.

»Wir sollten uns ein neues Spiel für Weihnachten überlegen«, schlug Natalie vor, während sie alles einpackte. »Was spielt ihr denn so, wenn du mit deiner Familie feierst?«

Innerlich zuckte ich zusammen. Das letzte gemeinsame Weihnachten lag so weit zurück, dass ich mich an fast gar nichts mehr erinnern konnte. Ich suchte Blickkontakt zu Simon in der Hoffnung, er rettete mich vor dieser verhängnisvollen Frage, aber es schien, als erwartete er ebenfalls eine Antwort.

»Oh, na ja.« Ich stockte. »Die letzten Jahre habe ich kein Weihnachten gefeiert. In der Regel fliege ich weg ins Warme.«

»Allein?«, fragte Natalie erstaunt. »Oder mit deinem Freund, Mann, Lebensgefährten?«

»Allein«, antwortete ich knapp.

»Wie cool«, fand Anna. »Das will ich auch später mal machen.«

»Nichts da, du wirst mit uns Weihnachten verbringen«, diktierte Natalie ihre Tochter, ohne Widerworte von ihr zu erwarten.

Anna rollte mit den Augen und fläzte sich auf die Couch vor den Fernseher, den sie unvermittelt anschaltete.

»Ich dachte immer, nur die verstockten Weihnachtshasser flüchten aus dem Trubel.« Beiläufig steckte sich Natalie einen Keks in den Mund und sah mich neugierig an.

»Ja, ich mag kein Weihnachten«, erklärte ich aufrichtig.

»Aber es ist das Fest der Liebe«, trällerte Agnes gut gelaunt, als sie in das Zimmer gestürmt kam. Im Schlepptau eine für mich fremde Frau.

Mit einem strahlenden Lächeln begrüßte sie die anwesenden Personen. Allen voran Simon beglückte sie mit einem Stewardessenlächeln. Wie automatisch stand er auf und ging ihr entgegen. Ein eigentümlicher Ausdruck lag auf seinem Gesicht. War es absolutes Glück oder unfassbarer Schock? Als zögen sie sich magnetisch an, umarmten sie sich innig. Feindselig sah ich weg. Alle schienen sich über das Erscheinen dieser fremden Frau zu freuen, lediglich Bernhard bedachte sie mit einem unfreundlichen Blick.

»Daniela, was für eine Überraschung«, flötete Natalie und ließ es sich nicht nehmen, sie ebenfalls zu begrüßen. »Hey, lass mich auch mal.« Taktlos schubste sie ihren Bruder weg und drückte Daniela ebenso lange an ihre Brust, wie es Simon getan hatte.

Das also war die legendäre Daniela. Die er einfach wegen seiner Karriere sitzen gelassen hatte. Sie war äußerst hübsch, leugnen konnte ich das nicht. Neben Simon wirkte sie klein und zerbrechlich. Sie trug ihre blond gefärbten Haare offen, deren Ansatz bereits herauswuchs. Wie ein Vorhang fielen sie ihr bis auf die Schultern. Ihre Figur war tadellos. Ich hasste sie auf Anhieb.

»Wie schön, dass du dich bei dem Mistwetter rausgewagt hast«, lobte Agnes diese schreckliche Person.

»Ach«, winkte sie ab, »die paar Meter. Und außerdem hat es gerade mal aufgehört zu schneien.«

Es hatte aufgehört? Direkt lief ich ans Fenster und presste die Stirn gegen das kühle Glas. Tatsächlich. In der kurzen Zeit, in der ich weggeschaut hatte, hatte Daniela Simon bereits um den Finger gewickelt. Mit einem gekonnten Augenaufschlag, den ich nicht besser hinbekommen hätte, himmelte sie ihn an. »Wenn Simon schon mal hier ist …«, gurrte sie und zog ihn mit ihrem gierigen Blick regelrecht aus.

Fassungslos stellte ich fest, dass er auch noch auf dieses Geschwafel hereinfiel. Er glotzte sie an, als wartete er nur darauf, von ihr vernascht zu werden. Mir wurde ganz schlecht.

»Hey Agnes, hast du noch was zu essen? Ich bin am Verhungern.« Nun stand Thorsten ebenfalls im Zimmer und unterbrach die absurde Willkommensbegrüßungszeremonie. »Hi Ines«, grüßte er mich und hob dabei seinen Arm.

»Hi.« Ich winkte ihm und freute mich, dass sich Thorsten an meinen Namen erinnerte. Anders als seine miese Schwester wirkte er sehr bäuerlich, dafür aber schien er ein echter Freund zu sein. Und attraktiv war er allemal.

Spätestens jetzt, da sie mich endlich bemerkt hatte, richtete Daniela ihre ganze Aufmerksamkeit auf mich. Mit einem affektierten Lächeln stöckelte sie auf mich zu und streckte mir ihre Hand entgegen. »Du bist also Ines. Ich bin Daniela. Simons Freundin.«

Simons Freundin? Ich hatte gedacht, zwischen den beiden wäre Schluss? Und hatte Simon nicht von einem Neuen erzählt? Verwirrt schüttelte ich die Hand. »Freut mich«, sagte ich reserviert. Im Augenwinkel sah ich, wie sich Simons Brauen hoben. War er ebenfalls über Danielas Äußerung überrascht wie ich und manch anderer?

»Das sind ja ganz neue Töne, Dani«, gab Thorsten unverhohlen von sich.

»Wo ist denn das Baby?«, fragte sie und drehte sich weg, als wäre ich bereits uninteressant und Thorstens Bemerkung vergessen.

»Das schläft«, erwiderte Manuel kühl.

Manuel schien über Danielas Auftauchen wohl auch nicht besonders erfreut zu sein. Dann war ich ja nicht allein. Warum bemerkten die anderen nicht, was für eine falsche und durchtriebene Schlange diese Daniela war?

»Komm, Totti, in der Küche habe ich etwas für dich«, sagte Agnes über ihre Schulter hinweg, während sie bereits voranging. »Du solltest dir dringend eine Frau zulegen, dann brauchst du nicht ständig zu mir zu kommen.«

»Aber keine Frau kann so gut kochen wie du«, erwiderte er diplomatisch, mit einem verschlagenen Lächeln auf den Lippen.

»Ach, Totti, du bist und bleibst ein Charmeur. Wie kann ich da nur widerstehen?«

Während sich die beiden in die Küche verkrümelten, überlegte ich fieberhaft, was diese Daniela in Wirklichkeit beabsichtigte. Sie umgarnte Simon offensichtlich. Ärgerlich schaute ich weg und setzte mich neben Anna. Natürlich lief irgend so ein blöder Weihnachtsfilm im Fernsehen. Gelangweilt folgte ich der Geschichte, bis ich bemerkte, dass Simon mit einem brabbelnden Bündel auf dem Arm im Raum stand. Das Baby war wach. Entzückt versammelten sich alle um ihn und begutachteten den Sprössling. Mein Bauch zog sich zusammen und ich stierte in den Fernseher, obwohl lediglich Werbung lief. Anna tat es mir gleich.

»Willst du gar nicht hin?«, fragte ich verwundert und sah sie von der Seite an.

»Nö«, antwortete sie knapp, ohne die Mattscheibe aus den Augen zu verlieren. »Ich kann sie ja immer sehen. So einen Aufstand zu machen, nur wegen einem sabbernden, kotzenden und kackenden Knirps.«

Ich verkniff mir ein Lächeln. »Aber sie ist doch deine Schwester.«

»Ich find's voll peinlich, dass meine Eltern noch mal Nachwuchs bekommen haben. Ich meine, ich bin schon vierzehn.«

»Dann hat deine Mutter dich ziemlich früh bekommen. So alt scheint sie mir gar nicht zu sein.« Heimlich betrachtete ich Natalie und verglich sie mit Simon. Bevor wir hier gestrandet waren, hatte ich mich nie gefragt, wie alt Simon war. Dass er nur ein paar Jahre älter als ich sein musste, hatte ich mir gedacht. Aber um den tatsächlichen Altersunterschied hatte ich mich nie gekümmert.

»Sie ist achtunddreißig«, sagte sie belanglos und widmete sich erneut dem Fernseher.

Achtunddreißig Jahre alt war Simon also bereits. Unauffällig beobachtete ich ihn, wie er voller Stolz auf das Baby hinabblickte. Daniela stellte sich dicht neben ihn und im ersten Augenblick schien es, als wären sie die glücklichen Eltern. Mit furchtbar viel Selbstbeherrschung hinderte ich mich daran, aus dem Zimmer zu stürmen, stattdessen schaute ich mit blutleerem Herzen irgendeinen Weihnachtsfilm, in dem gerade ein Happy End begann. Nun wusste ich gar nicht mehr, wo ich hinsehen sollte. Hochkonzentriert ignorierte ich das Programm und sperrte alles andere um mich herum aus. Ich befand mich irgendwo im Nirgendwo.

Erst nachdem mich Anna mehrmals mit dem Arm an die Seite geboxt hatte, reagierte ich verwirrt. Mit einem einfachen, kaum wahrzunehmenden Nicken wies sie mich darauf hin, dass nach mir verlangt wurde.

»Ines«, rief Simon. »Komm, schau sie dir mal an.«

Dankend lehnte ich ab und schüttelte den Kopf, dass er mir schmerzte. Der spinnt wohl.

»Darf ich sie mal auf den Arm nehmen?«, fragte Daniela zuckersüß, als hätte sie eben eine Bonbonfabrik verdrückt. Gerade als sie die Arme ausbreitete, verselbstständigten sich meine Beine und ich stand mit nur wenigen Schritten bei Simon. Unsicher blickte ich auf das winzige zerbrechliche Baby hinab. Selig schlief es in seinen Armen, als gehörte es genau dorthin. Ein Engelslächeln huschte über seinen Mund, was zwangsläufig auch bei mir ein Lächeln auslöste. Und ehe ich mich versah, hielt ich Emilie im Arm. Simon stellte sich ganz dicht neben mich, seine Wärme und die von Emilie ließen meine Wangen heiß werden. Ein Gefühl von Vertrauen, Hingebung und Zuneigung umschloss mein Herz, was sich zusätzlich durch Simons Anwesenheit verstärkte. Ich sah zu ihm hoch und unsere Blicke trafen sich. Auch wenn er mich lediglich mit einem stummen Lächeln anschaute, wusste ich, er beglückwünschte mich zu diesem für mich schweren Schritt.

»Wie süß«, trällerte Daniela und unterbrach diesen magischen Moment, indem sie mir Emilie einfach wegnahm und mich rücksichtslos stehen ließ wie einen unbrauchbaren Gegenstand. Nun versammelten sich alle um die falsche Schlange und das Baby.

Kälte und Schmerz durchbohrten mein Herz, rissen es entzwei. Energielos sah ich zu, wie jemand mein Glück davontrug. Dann eilte ich blinzelnd aus dem Zimmer, raus in die Kälte. Mein Atem ging stoßweise und kleine Wölkchen stiegen in die Luft. Meine Füße brachten mich automatisch in den kleinen Schuppen. Schnell erklomm ich die Holzleiter, wo ich Einsamkeit und Frieden fand. Erschöpft ließ ich mich auf das einladende Stroh nieder und vergrub meinen Kopf in den Händen. Wieso hatte ich das nur zugelassen? Emilie auf den Arm zu nehmen? Ich hätte einfach ablehnen sollen. Dicke Tränen rollten meine Wangen hinunter, ohne Scham ließ ich sie gewähren.

Gerade als ich die Idee hegte, für immer hier oben zu bleiben, vernahm ich Schritte, die geradewegs die knarrende Leiter hochkamen. Verstohlen wischte ich mir über das nasse Gesicht, als Simons Kopf hervorlugte.

»Ich wusste, dass ich dich hier finde.« Er grinste und setzte sich stöhnend neben mich. »Ich bin auch nicht mehr der Jüngste. Dass du mich immer hier hochjagen musst … Deine Jacke. Du erfrierst sonst.« Sanft legte er meinen Cashmere-Mantel auf meine Schultern.

»Danke«, flüsterte ich rau.

»Ich finde, du hast das großartig gemacht.«

Ich sagte nichts, stattdessen schaute ich Simon von der Seite an. Er drehte andächtig einen Halm zwischen den Fingern und hing offensichtlich seinen Gedanken nach. Eine Haarsträhne fiel ihm in die Stirn und kitzelte ihn. Mit einer Handbewegung fuhr er sich durch die Haare, um sie zu bändigen, aber im nächsten Moment glitten sie einfach wieder zurück. Seit wir hier gestrandet waren, eroberte er mehr und mehr mein Herz und ich war machtlos. Bei der Erinnerung, wie er und Daniela sich begrüßt hatten, zog sich mein Bauch zusammen. »Liebst du sie?«, fragte ich freiheraus.

»Meinst du Daniela?« Er sah mich mit seinen blauen Augen an und verzog den Mund.

»Ja.«

Simon blieb vorerst stumm und es schien, als überlegte er sorgsam. Sein anhaltendes Schweigen überforderte und verärgerte mich zugleich. Aber dann drehte er den Kopf zu mir und musterte mich eindringlich. »Ich weiß nicht«, raunte er leise mit einem schüchternen Lächeln, »darüber muss ich mir noch klar werden.«

Ich lächelte erleichtert zurück, auch wenn es keine eindeutige Aussage war. »Überleg es dir gut. Sie hat nämlich ein Herz aus Eis.« Ich hielt mir eine Hand vor den Mund und starrte Simon fassungslos an, als ich begriff, was ich gerade gesagt hatte. Wie ein Spiegelbild stand Daniela vor mir. Sie war wie ich. Kalt, herzlos und nahm sich das, wonach ihr gerade war. Ohne Rücksicht auf andere. »Oh Gott. Was ist bloß aus mir geworden?«, flüsterte ich erschüttert, dabei sah ich immer noch in seine Augen. »Du musst mich hassen, wie alle anderen auch. Ich bin eine Schreckschraube, die nur auf ihr eigenes Wohl aus ist.«

Zu meiner Überraschung pflichtete er mir nicht bei, sondern nahm mich sachte in den Arm und wiegte mich genauso sanft wie gerade Emilie. Eine unbekannte Empfindung zog kribbelnd von meinem kleinen Zeh bis in die Haarspitzen. Ich kannte das Gefühl, das ich jahrelang wie eine ansteckende Krankheit ausgesperrt hatte. Es musste Liebe sein.

Kapitel 12

»Was soll ich denn noch tun, damit du mir verzeihst?« Benni, ein schlaksiger junger Mann mit kurz rasierten Haaren, kniete regelrecht vor seiner Angebeteten. Er wirkte verzweifelt, als er vor Svenja kauerte. Bernhard und Agnes verkrümelten sich aus dem Wohnzimmer in die Küche, damit die beiden die Gelegenheit hatten, sich in Ruhe auszusprechen. Simon fühlte sich ebenfalls sichtlich unwohl und bedeutete mir zu flüchten. Sachte schob er mich am Rücken durch die Tür in den Flur.

»Komm, wir gehen ein wenig spazieren«, forderte mich Simon auf und warf mir bereits seinen langen Schal entgegen. »Zieh dich aber warm an.«

»Ich bin dabei.« Daniela stand wie ein Geist plötzlich vor uns. Mit ihrem einstudierten Stewardessenlächeln zog sie bereits ihren billigen Daunenmantel über. Und ich dachte, sie wäre längst verschwunden. Zu früh gefreut.

Meine Lust raste im Höllentempo Richtung Nullpunkt und befand sich wie das Wetter im Minusbereich.

Mit dieser schrecklichen Person werde ich nirgends hingehen. »Ich weiß nicht. Draußen ist es kalt.« Skeptisch krauste ich die Stirn. Auch wenn ich mir nichts sehnlicher wünschte, als mit Simon mehr Zeit zu verbringen, – zu dritt mit dieser Daniela würde ich keinen Schritt nach draußen wagen. Außerdem fühlte ich mich etwas kränklich. Vermutlich bahnte sich eine dicke Erkältung an. Der Ausflug durch das Schneegestöber gestern hatte meiner Gesundheit einen Knacks gegeben. Harmlose Halsschmerzen hatten sich seit Kurzem angekündigt und mein Kopf ähnelte einem Brummkreisel. Die Müdigkeit in meinen Gliedern schob ich ebenfalls auf den anstrengenden Tag zuvor, was ich jedoch nicht zum Anlass nahm, es auszuposaunen.

Simon war wirklich ein helles Köpfchen, er verstand meine Zweifel sofort, auch wenn er von meiner Abgeschlagenheit nichts ahnen konnte, genauso wenig von meiner Antipathie Daniela gegenüber. Oder irrte ich in dem Punkt? »Thorsten?«, rief er mit seiner tiefen, eindringlichen Stimme seinen Freund.

»Was ist los?«, dröhnte es aus der Küche.

»Zieh dich an. Wir gehen raus.«

Daniela rollte die Augen, offensichtlich war es nicht ihr Plan gewesen, noch weitere Personen mitzunehmen. Was für ein genialer Schachzug von Simon.

Keinen Augenaufschlag später kam Thorsten in den Flur gestiefelt. Mit seiner Größe überragte er Simon lediglich um ein paar Zentimeter, aber es machte so viel aus, dass sich Thorsten in jeder Türzarge bücken musste, damit er sich nicht stieß. Mächtig wie ein Bulle baute er sich in dem nun winzig wirkenden Flur auf und musterte seinen Freund stumm. Zu meiner Überraschung verstanden sie sich ohne Worte. Mit einem Handgriff und ohne weitere Fragen nahm er sich die Jacke von der Garderobe und zog den Reißverschluss geräuschvoll zu. »Worauf warten wir noch?«, fragte er schließlich erwartungsvoll, mit einem diabolischen Lächeln auf den Lippen.

Letztlich willigte ich auch ein. Zu viert fühlte ich mich jedenfalls wohler.

Draußen dämmerte es bereits. Klirrende Kälte pikste auf meinem Gesicht und es fühlte sich an, als würde sie brennen. Oder lag es an Simons kurzer Berührung meiner Hand, wodurch sich mein Pulsschlag unverhältnismäßig zu meiner körperlichen Betätigung beschleunigte?

Daniela lief neben Thorsten her und Simon stakste ein Stück vor mir. Ich schloss zu ihm auf. Er wirkte in sich gekehrt, aber als er mich bemerkte, zauberte er ein Lächeln auf die Lippen. Ich lächelte zurück.

»Was ist eigentlich mit Danielas Freund? Hattest du nicht gesagt, sie hätte einen Neuen?«

»Das hat nicht lange gehalten.« Sein Kopf fuhr herum und ein Glucksen entschlüpfte ihm. »Ich hätte nicht gedacht, dass dich Danielas Liebesleben interessiert.«

Oh, doch. »Tut es auch nicht«, log ich. »Mir ist nur aufgefallen, wie sehr sie dich umgarnt.«

»Tatsächlich?« Sein Grinsen wurde breiter und glich einem Apfelschnitz.

Ich fühlte mich ertappt und spürte meine Ohren heiß werden. Hoffentlich dachte er nicht, ich wäre eifersüchtig. Bevor ich diesen Zustand widerlegen konnte, den er nie ausgesprochen hatte, winkte Daniela tatkräftig. Zu allem Überfluss formte sie ihre behandschuhten Hände zu einem Trichter und rief: »Simon, wo bleibst du denn?«

»Wir sind gleich bei euch.« Seine tiefe Stimme hallte in der Schneelandschaft und leise sagte er auffordernder zu mir: »Komm, lass uns aufholen.«

Der Weg, den wir eingeschlagen hatten, entpuppte sich als schlecht geräumter Trampelpfad Richtung Wald. Unter einem Spaziergang hatte ich mir etwas anderes vorgestellt. Ein von Schnee befreiter Bürgersteig unter Laternen, dessen Licht uns den Weg zeigte, aber doch kein Geländelauf. Hätte ich das gewusst, hätte ich das Angebot lieber abgelehnt.

Während sich bei mir schon die erste Erschöpfung breitmachte, wartete Simon voller Tatendrang auf mich. Außerdem meldeten sich meine Halsschmerzen zurück, die ich bis eben verdrängt hatte. Auch meine Beine wurden mit jedem Schritt schwerer. Aber ich hielt durch.

»Alles in Ordnung?« Simons Furche grub sich tief in seine Stirn.

»Sicher«, winkte ich ab. »Geh ruhig schon mal vor.«

Und schon zog er mit sicheren Schritten ab.

So hatte ich einen Augenblick allein für mich und konnte ungestört meinen Gedanken nachgehen.

Es hatte tatsächlich aufgehört zu schneien. Statt der dicken Schneewolken, die unaufhörlich ihre Last auf die Erde niederrieseln ließen, zeigten sich die ersten Sterne, die in der aufkommenden Dunkelheit zaghaft funkelten. Der aufgerissene Himmel versprach frostige Kälte.

Hoffentlich blieb es weiterhin schneefrei. Der Gedanke, dass ich bald wieder zu Hause sein durfte, weckte in mir gemischte Gefühle. Allen voran mein anstehender Urlaub, den ich mir vor noch nicht allzu langer Zeit so sehr herbeigesehnt hatte wie ein Kind seinen Geburtstag. Aber allein die Vorstellung, ohne Simon zu verreisen, stimmte mich traurig. Kai. Ich sollte Kai meine Tickets schenken. Er könnte mit seiner neuen Flamme verreisen. Angestrengt grübelte ich nach dem Namen seines Neuen. Steve. Nein, Steven. Ja, genau. Später, wenn wir hier aus diesem – ich schaute mich um – *Nichts außer Schnee* raus waren, würde ich Kai anrufen. Bestimmt sorgte er sich schon um mich, weil ich mich nicht bei ihm meldete. Und Viktoria würde ich auch anrufen. Und Mama und Papa. Vielleicht sollte ich mich aber auch einfach auf den Weg zu ihnen machen und sie Weihnachten besuchen, ohne Ankündigung. Das überraschte und überaus glückliche Gesicht von Agnes, als Simon vor der Tür stand, hatte mich richtig berührt. Freudetaumelnd würden Mama und Papa über mich herfallen. Der Gedanke ließ mich innerlich lächeln. Immer noch folgte ich dem Dreiergespann, die auf mich vor einer Gabelung mit mehreren Abzweigungen warteten. Ich winkte ihnen sogar noch zu. Gerade als ich zu ihnen aufschließen wollte, versank ich bis zu den Waden in einer Schneewehe und blieb stecken. Umständlich befreite ich die Beine aus dem Haufen und hoffte, meine Boots dort drin nicht zu verlieren. Aber zum Glück gelang es mir ohne Zwischenfälle, nur waren meine Stiefel jetzt bis zu meinem kleinen Zeh mit Schnee gefüllt. Genervt versuchte ich mit einem Finger den nasskalten Inhalt wenigstens aus dem Schaft zu schaufeln. Als ich wieder aufschaute, war ich allein. Lief meine Gruppe nicht eben noch vor mir her? Wo waren sie hin? Ich war mir ziemlich sicher, dass sie in den mittleren Pfad eingebogen waren, wenigstens hatten sie genau dort auf mich gewartet. Automatisch kramte ich nach meinem Handy. Mist, das lag vermutlich in meinem Zimmer. Verdammt. Zur Sicherheit tastete ich nochmals alle Taschen meiner Hose und Jacke ab. Nichts.

Mein Bauchgefühl riet mir, den Weg einzuschlagen, in der ich meinte, sie gesehen zu haben. Doch Fehlanzeige. Dann suchte ich nach Fußabdrücken, doch der Boden war über und über mit allerlei Spuren bedeckt, die in alle Richtungen führten und von jedem hätten stammen können. Stimmen hörte ich nicht. Lediglich das Knirschen des Schnees unter meinen Schuhen vernahm ich, sonst nichts. Scheiße. Zögerlich drehte ich mich im Kreis und lief dann weiter. Obwohl mein Orientierungssinn sehr gut ausgeprägt war, hatte ich keine Ahnung, wo ich mich befand.

Mein Herz hämmerte mittlerweile wie nach einem Marathon in meinem Brustkorb. Und die Siedlung lag wahrscheinlich meilenweit entfernt. Ich hätte nie gedacht, mich über Weihnachtsbeleuchtungen am Fenster zu freuen, aber nicht ein einziger Schein war zu sehen. Egal in welche Richtung ich mich drehte. Nicht ein Lichtpünktchen. »Simon?«, rief ich verzweifelt, aber mit fester Stimme. Mein Herzschlag dröhnte in den Ohren, während ich konzentriert auf eine Antwort wartete. »Simon?«, rief ich abermals, diesmal lauter. Ich schaute in den Himmel, in dem die Sterne nun viel heller schimmerten. Noch ein paar Minuten und ich würde von der Dunkelheit verschluckt werden. In der Stadt passierte das nicht. Aber hier. Überall Bäume und jeder glich dem anderen wie eineiige Zwillinge. Ich suchte weiter, spähte in jeden abzweigenden Pfad, aber es war zwecklos. Zu viele unterschiedliche Fußspuren bedeckten den Boden. Unmöglich herauszufinden, welche die korrekte Richtung war. Die Kälte kroch unermüdlich in meinen Körper und klammerte sich an mich. Mein Atem ging stoßweise, während ich aufgeregt nach dem rechten Weg suchte, mich aber nun ganz und gar verlaufen hatte. Wie hatte das nur passieren können und wieso suchte Simon nicht nach mir? War ich ihm doch egal? Hatte er mich absichtlich hier im Wald ausgesetzt, weil ich ihn angelogen und erniedrigt hatte? Wollte er es mir tatsächlich auf diese bestialische Art heimzahlen? Nein. Nein. Auf keinen Fall. Ich hatte mich bei ihm entschuldigt. Schon im Auto, als wir festsaßen, bevor wir gerettet wurden. Niemals würde er mich hier in der Kälte aussetzen und mich elendig erfrieren lassen. Jegliches Zeitgefühl hatte ich verloren, aber lange konnte ich nicht herumgeirrt sein. Meine schnelle Erschöpfung musste von meiner aufkeimenden Erkältung stammen, die ich auf die leichte Schulter genommen habe. Der erste Schritt ins Freie war schon qualvoll gewesen.

»Simon?« Meine Stimme verlor an Kraft. Bald würde lediglich ein jämmerliches Krächzen aus meiner Kehle kommen, das der Wald einfach verschluckte wie eine heruntergefallene Tannennadel auf weichem Pulverschnee.

»Ines?« Simons, dunkle sonore Stimme erklang engelsgleich in meinem Ohr.

»Simon«, schrie ich aufgeregt, dabei drehte ich mich fahrig in alle Richtungen. »Simon! Ich bin hier.« Ich steckte meine gesamte übrig gebliebene Kraft in meine Worte, während mir Tränen der Erleichterung über die Wagen rannen.

»Ines«, erscholl es abermals, aber diesmal bewegte sich die Stimme von mir weg. Nein. Bitte nicht. Das darf nicht sein. Ich werde alles wiedergutmachen. Bitte. Weihnachten werde ich künftig mit meiner Familie verbringen und mit den Menschen, die ich liebe. Niemals werde ich irgendjemanden absichtlich nur aus intrigantem Interesse wehtun. Bitte, aber lass mich nicht elendig hier erfrieren.

Noch schlenkerte ich orientierungslos weiter, automatisch, als würde mein Körper eigenständig reagieren, in der Hoffnung, endlich Hilfe zu finden. Mittlerweile zitterte ich furchtbar, während ich meinte, Simon entgegenzugehen. Oder ich halluzinierte und das leise Knirschen stammte von meinen Schuhen. »Simon«, wisperte ich noch. Das Letzte, was ich sah, war eine Sternschnuppe am Horizont, die mit einem langen Schweif verglühte. Wie in jener Nacht, als das Chaos seinen Anfang fand.

Dunkelheit kleidete mich ein wie der Schnee die Landschaft, als ich weich aufgefangen wurde.

»Ines, Ines.« Ein herzloses Rütteln, gepaart mit mehreren Backpfeifen, rissen mich aus der Wärme, die ich so dringend brauchte, in die höllische Kälte des Diesseits zurück, wogegen ich mich zu wehren versuchte. Die Hiebe hörten auf. Wunderbar. Schnell zurück in die tröstende Welt der Gleichgültigkeit, wo Kälte und Hitze eins waren. Wieder eine Backpfeife. Erst rechts, dann links. Erneut ein Schütteln. *Hör auf damit*, flehte ich, aber mir fehlte die Kraft, laut zu reden. Diesmal endeten die rhythmischen Bewegungen nicht, sondern zogen sich in die Länge wie ein billiges, fahl schmeckendes Kaugummi, das ich nicht ausspucken durfte.

»Ines, bleib wach. Hörst du? Bleib bei Bewusstsein.« Die Stimme, die ich wie aus der Ferne wahrnahm, klang abgehackt. Simon rang nach Atem, wie nach einem Sprint oder während einem. Wie konnte ich rennen, wenn ich lag? Oder ritt ich auf einem Kamel? Das würde auch die schaukelnden Bewegungen erklären. Ich blinzelte, aber sehen konnte ich nichts. Mein Kopf wurde von den unaufhörlichen Erschütterungen zu sehr durchgerüttelt.

»Die Sternschnuppe«, lallte ich. Mein Körper fühlte sich steif an, obwohl ich schlotterte.

»Sternschnuppe?«, hörte ich jemanden keuchen. »Was für eine Sternschnuppe?« Ächzend ging es im Schaukelschritt weiter. Mein sprechendes Kamel war bereits völlig aus der Puste.

Sprechendes Kamel? Meine Hirnwindungen knarrten wie bei einem stillgelegten Mühlenrad, das man mit aller Gewalt zum Laufen bringen wollte. »Simon?« Erneut blinzelte ich, aber meine bohrenden Kopfschmerzen hinderten mich daran, die Augen vollständig zu öffnen.

»Jaja. Ich bin es. Ich bring dich jetzt nach Hause«, hörte ich ihn keuchen.

»Nach Hause?«, fragte ich apathisch. Nach Hause in meine Penthouse-Wohnung, mit Blick auf die Stadt. Und ehe ich mich an den Gedanken gewöhnen konnte, durchbrach ich eine unsichtbare Wand, wo Wärme meinen phlegmatischen Körper zudeckte, während Simon Befehle erteilte.

»Mama, hol Papa. Thorsten, sag Natalie, sie soll einen Tee kochen. Decken, wir brauchen Decken«, keuchte Simon aufgeregt. »Und … bringt irgendjemand Daniela aus diesem Haus.«

»Ich bin hier? Was ist los?« Ohne zu zögern, erteilte Bernhard scheinbar in stoischer Ruhe, aber mit Bestimmtheit, ebenfalls Befehle. »Sie braucht Wärme. Irgendjemand muss ihr die Sachen ausziehen. Bringt sie am besten hoch.«

Das Schaukeln dauerte diesmal nur kurz an, dann lag ich auf meinem Bett. Ich hielt die Lider geschlossen, schon allein wegen des Bienenstocks, der mal als Kopf gedient hatte, außerdem hatte ich das Gefühl, als glotzten tausend Augen auf mich herab. Ich täuschte mich wohl nicht. Simon erging es offenbar ganz genauso. »Habe ich nicht gesagt, dass Daniela verschwinden soll?«, donnerte er erbost.

Wenn ich mich nicht irrte, brummte Thorsten etwas zu seinem Freund und stob, nicht allein, aus dem Zimmer. Dann sprach Bernhard kurz mit seinem Sohn, tastete nach meinem Puls und hörte mein Herz mit einem Stethoskop ab. »Können Sie mich hören?«, fragte er mich schließlich.

Ich nickte. »Ich habe Kopfschmerzen«, murmelte ich kaum hörbar.

»Das geht vorbei.«

»Meine Mutter ist auch Ärztin. Kinderärztin.« Das Sprechen strengte mich an, weil sich die dünne Haut in meinem Gesicht nun von eisig erfroren in heiß entflammbar wandelte.

Bernhard schenkte mir ein herzliches Lächeln. »Tatsächlich? Vielleicht lerne ich sie ja mal kennen.« Nickend wandte er sich an seinen Sohn. »Gib ihr den Tee und zieh ihr etwas anderes an. Sie muss schön warm gehalten werden. Und morgen kann sie wieder Schneebälle nach dir werfen.« Mit einem freundschaftlichen Klopfen auf Simons Schulter und einem wissenden Grinsen ließ er uns allein.

Endlich kehrte Ruhe ein.

»Hey«, wisperte ich erschöpft. Die Augen zu schmalen Schlitzen geformt, entlockte ich mir ein Lächeln. Trotz meiner eingeschränkten Sehkraft nahm ich Simon als überaus anziehend wahr, während er mir vorsichtig die Socken auszog.

»Ines.« Sein Gesichtsausdruck glättete sich zusehends, und er lächelte erleichtert. Seine Arbeit unterbrach er allerdings nicht. »Ich hoffe, dir macht es nichts aus, wenn ich dir jetzt deine Hose ausziehe.«

Meine Mundwinkel zuckten. Ich hatte ihm ein erneutes Kennenlernen angeboten. Mit allem drumherum, was er vehement abgelehnt hatte. Über sein Angebot, mir die Hosen auszuziehen, war ich schon glücklich. »Ihr wart auf einmal weg«, entgegnete ich, ohne auf seine Frage einzugehen.

Simon deckte meine Beine rasch zu, nachdem er meine feuchten Jeans mit einem kräftigen Ruck ausgezogen hatte. »Ich habe dich überall gesucht. Thorsten auch. Du warst spurlos verschwunden.« In seiner Bewegung hielt er plötzlich inne. »Ich mache mir große Vorwürfe deswegen.« Dann schlug er die Decke zurück und hob meinen Pullover über den Kopf. Er öffnete sogar den BH. Als ich ihn mir auszog, schaute er zur Seite. Sein Kehlkopf hüpfte beim Schlucken. War ihm meine Blöße unangenehm? Zu guter Letzt schaffte ich es, allein in den Schlafanzug zu schlüpfen, den Simon mir hinhielt.

»Ich war in eine Schneewehe eingesunken und während ich mich daraus befreit habe, seid ihr in der Zwischenzeit abgebogen, aber ich muss die falsche Abzweigung genommen haben. Und überall waren Fußabdrücke gewesen. Ich konnte überhaupt nicht sehen, wo ihr langgelaufen seid.« Kälte kroch für den kurzen Augenblick in meinen Körper, in dem ich ohne Decke dasaß. Rasch schlüpfte ich zurück in den wärmenden Schoß meines Bettes und nahm die dampfende Tasse ab, die mir Simon großzügig hinhielt. Der erste Schluck breitete mindestens genauso viel Wärme in meinem Bauch aus wie seine Anwesenheit.

»Als ich dich gefunden habe, hast du von einer Sternschnuppe gesprochen.« Simon saß auf der Kante meines Bettes und schaute sanft auf mich herab. Nebenbei strich er eine gelöste Haarsträhne aus meinem Gesicht. Sein liebevolles Lächeln schien eingemeißelt zu sein. »Hast du dir etwas gewünscht?«

»Dass du mir verzeihst«, antwortete ich selbstverständlich. »Aber mein Kopf war leer und ich hatte keine Kraft mehr.« Eine Träne der Wehmut löste sich und rollte auf mein Kopfkissen. Ich würde alles tun, um meine herzlose Lüge rückgängig zu machen. »Kannst du mir vergeben?« Flehend sah ich in Simons Augen.

»Warum sollte ich das nicht tun?«, fragte er, dabei zog er die Stirn kraus.

Mein Herz pochte wie wild und das Schlucken fiel mir schwer. Wie eine brennende Fackel fühlte sich meine Kehle an. »Weil ich es nicht verdient habe. Ich war gemein zu dir und ich habe dich angelogen. Wenn du mir nicht vergibst, verstehe ich das.«

Ein schüchternes Lächeln umspielte seine Lippen. »Das habe ich doch schon längst.«

Mein Herz hüpfte vor Erleichterung und erneut rollten Tränen über meine Wangen. »Danke.«

Simon nickte stumm.

»Warum hast du Daniela vorhin rausgeschmissen?« Abgekämpft lehnte ich mich an das Kissen.

»Sie …« Er stockte und fuhr sich aufgebracht mit einer Hand durch die Haare. »Sie hat behauptet, du wärst zurück ins Haus gegangen.«

Ungläubig lauschte ich seinen Worten, wagte es aber nicht, ihn zu unterbrechen.

»Ich weiß nicht, wie es passieren konnte, aber als ich mich umgedreht habe, warst du weg, verschwunden. Ich bin ein ganzes Stück zurückgegangen, um dich zu finden. Thorsten hat ebenfalls alles abgesucht. Daniela auch. Wir haben uns aufgeteilt und als ich Daniela traf, meinte sie, du wärst längst zu Hause, weil du gelangweilt von uns wärst.« Simon schüttelte ärgerlich den Kopf. »Ich war wütend auf dich, weil du wieder mal so launisch warst. Thorsten wollte mich zurückhalten, weil er geahnt hatte, dass irgendwas bei der Geschichte nicht stimmen würde und wir lieber weitersuchen sollten. Ich war so blind vor Zorn, auf dem schnellsten Weg bin ich heimgelaufen und wollte dir sagen, was ich von deinem zickigen Verhalten halte, aber meine Eltern haben mich nur mit großen Augen angeschaut und gemeint, dass du nicht zurückgekommen bist. Alle Alarmglocken haben geschrillt. Zuerst bin ich hoch in dein Zimmer, aber das war leer, also bin ich sofort wieder raus. Den gesamten Weg bin ich abgelaufen, als ich dich endlich gefunden habe, war deine Haut bereits weiß.« Niedergeschlagen schüttelte er den Kopf. »Wegen ihr wärst du fast erfroren.«

Ich war wirklich sprachlos über Danielas Verhalten. Nur um Simon zurückzuerobern, spielte sie mit dem Leben anderer. Mit meinem. Sofort bei der ersten Begegnung hatte ich gewusst, was für eine falsche Schlange sie war. Und heute bestätigte sich mein Verdacht. Nun rollten meine Tränen wegen Daniela und der Einsicht, dass ich eventuell genauso gehandelt hätte, nur damit ich meinen Willen bekäme. Ich hätte zwar nie jemanden erfrieren lassen, trotzdem verabscheute ich mich in diesem Moment.

»Hör auf zu weinen«, tröstete mich Simon und wischte eine anrollende Träne mit dem Daumen weg. »Du bist morgen wieder fit. Und wenn alles gut geht, können wir spätestens übermorgen nach Hause.« Simon stand von der Bettkante auf, es schien, als erwöge er, das Zimmer zu verlassen.

»Bitte geh nicht.«

In seiner Bewegung hielt er inne, stirnrunzelnd sah er mich an.

»Bleib bitte bei mir. Diese Nacht wenigstens. Mir ist so kalt.«

Kapitel 13

Kleine Lichtpunkte tanzten durch die zugezogenen Vorhänge und kitzelten mich an der Nase. Wohlig kuschelte ich mich in meine Decke ein und dachte gar nicht daran, die Lider aufzuschlagen. Viel lieber suchte ich mit meiner Hand nach Simons brennendem Körper, der mich nahezu selbst zum Lodern gebracht hätte. Meine Hand fuhr ins Leere. Abermals tastete ich die Seite ab, wo er mit viel Körpernähe neben mir gelegen hatte. Auch wenn ich ihn am liebsten mit Haut und Haaren verschlungen hätte, miteinander geschlafen hatten wir nicht. Und es störte mich nicht, weil ich hoffte, dass der richtige Zeitpunkt noch kommen würde.

Die Leere neben mir verwirrte mich. Nun öffnete ich doch die Augen und stellte fest, dass ich allein war. Mein Herz setzte einen Schlag aus. Hatte ich das alles nur geträumt? Hatte Simon gar nicht neben mir gelegen?

Ich schlug die Decke weg und zog die Vorhänge zur Seite. Die Sonne schien vom wolkenlosen Himmel und ließ die Schneekristalle wie Millionen funkelnder Diamanten glitzern. Draußen sah es aus wie im Bilderbuch. Die vergangene Nacht konnte keine Einbildung gewesen sein. Die Tür sprang auf und Simon kam mit einem Tablett in der Hand reingeschneit, als wäre es seine tägliche Arbeit.

»Oh, du bist schon wach. Ich hoffe, ich habe dich nicht geweckt.«

Der Geruch von frisch aufgebrühtem Kaffee kroch in meine Nase und ließ das Wasser in meinem Mund zusammenlaufen. Das Tablett stellte Simon neben das Bett auf das Nachtschränkchen.

»Simon.« Erleichtert schloss ich ihn in die Arme und sog seinen Duft ein. Er roch nach seinem Aftershave, das mir mittlerweile vertrauter war als das Alleinsein. Im Vergleich zu gestern fühlte ich mich viel besser. Meine Erschöpfung lag bestimmt an den anstrengenden Tagen zuvor und die dicke Erkältung, die ich erwartet hatte, blieb aus.

»Hey«, raunte er mir überrascht ins Ohr, räumte dann aber eine kleine Distanz zwischen uns ein. Mit hängenden Schultern stand er nun vor mir und sah unschlüssig auf mich herab.

Ob er mir etwas Wichtiges zu sagen hatte oder ihm etwas auf dem Herzen lag? »Ist irgendetwas?« Mit einem mulmigen Gefühl schloss ich die Lücke zwischen uns und musterte ihn eingehend.

Stöhnend fuhr er sich über den Nacken und es schien, als ränge er nach Worten, aber nach einer gefühlten Ewigkeit schüttelte er den Kopf und schenkte mir ein zaghaftes Lächeln. Dann nahm er mein Gesicht in die Hände und beugte sich in quälender Langsamkeit zu mir herunter, bis sich unsere Lippen berührten. Nun spürte ich seine großen, kräftigen Hände durch den dünnen Stoff meines Shirts. Mit wenig Druck wanderten sie über meinen Rücken bis hin zu meiner Hüfte, wo sie verharrten.

In Wellen rauschte das Blut durch meine Adern und brandete in meinen Ohren. Mein Körper schien nach seinen Berührungen regelrecht zu lechzen. Auf Zehenspitzen fuhr ich durch seine weichen Haare, die vereinzelt von seiner Morgendusche feucht herunterhingen. Ein Feuerwerk zündete in meinem Bauch, während unsere Zungen gierig miteinander spielten. Seine Hände fanden den Weg von meiner Hüfte zu meinem Po, wo sie letztlich verweilten und er mich noch fester an seinen Körper drückte. Nun war es um mich geschehen. Zittrig fingerte ich nach dem Knopf seiner Hose, ohne mich von dem ausdauernden Kuss zu lösen. Wie der Blitz packte er meine Hand, mit der ich bereits das silberne, kühle Metall auf der Haut spürte, und ließ mich in der Handlung augenblicklich stoppen. Seine blauen Augen funkelten voller Leidenschaft und Gier, trotzdem hielt er mich zurück. Meine Hand schmerzte bereits und die Blutzufuhr stockte. Verwirrt über seine Abfuhr blinzelte ich ihn an. »Tut mir leid, ich dachte, du wolltest es auch«, stammelte ich verlegen, obendrein verletzt, während ich mein lädiertes Handgelenk massierte. Was war denn plötzlich los?

»Mein Vater wird jeden Augenblick kommen, um nach dir zu sehen.« Seine Kieferknochen traten markant hervor, fahrig fuhr er sich durch die Haare und drehte sich schließlich weg. War das eine Ausrede? Irgendetwas sagte mir, dass Bernhard ein willkommener Vorwand war.

»Du musst etwas essen.« Er lächelte gequält.

»Was ist mit dir, hast du schon gegessen?« Ich setzte mich auf die Bettkante und schaute ihn erwartungsvoll an. Insgeheim hoffte ich, dass wir zusammen frühstückten.

»Ja. Wir essen immer sehr zeitig.«

»Oh.« Meine Enttäuschung verbarg ich, so gut es mir möglich war. Was wollte er mir damit nur verdeutlichen? Dass wir, ich als Langschläferin und er als Frühaufsteher, keine gemeinsame Zukunft hatten?

»Du, ich muss dir unbedingt noch was sagen«, meinte er einen Tick zu fröhlich, während er mir eine Brötchenhälfte mit Marmelade bestrich.

Genüsslich biss ich hinein und meine Selbstzweifel traten vorerst in den Hintergrund. »Verrätst du es mir?« Den Blick über den Rand meiner Tasse gerichtet, trank ich von meinem Überlebenselixier. Ich würde Morden für diesen Kaffee. Mmm.

Ehe Simon antwortete, klopfte es an der Tür.

»Komm ruhig rein, Papa.« Rasch stand er von der Bettkante auf, als wollte er verhindern, dass Bernhard uns so sah.

Zögerlich öffnete sein Vater die Tür und trat herein. Wenn mich nicht alles täuschte, vermutete uns Bernhard genau in der Lage, die Simon gerade vertuschte. Als er feststellte, dass alles seine Ordnung hatte, begrüßte er uns freundlich und kam näher. »Guten Morgen.« In seiner rechten Hand trug er einen ledernen, abgewetzten, dunkelbraunen Arztkoffer. Nach der Größe zu urteilen, befand sich in dieser Tasche eher ein OP-Tisch als nur ein Stethoskop.

»Guten Morgen«, antwortete ich offenherzig.

»Ich geh dann erst mal raus«, bot Simon an.

»Nein, du kannst ruhig bleiben«, hielt er seinen Sohn zurück, und an mich gewandt fragte er: »Haben Sie immer noch Kopfschmerzen?«

»Ja«, erwiderte ich wahrheitsgemäß, während er mich untersuchte. »Aber ich fühle mich schon viel besser. Ein bisschen Halsweh habe ich noch.« Von meinen Herzschmerzen wollte ich erst gar nicht anfangen. Simons Nähe, die mit viel Distanz und Zurückhaltung einherging, verunsicherte und kränkte mich. Aber vielleicht täuschte ich mich auch und bildete mir nur etwas ein.

»Haben Sie sich gestern krank gefühlt?« Mit Vorsicht maß er mir im Ohr Fieber und beäugte das Ergebnis kritisch. »Seine Gesundheit sollte man nicht aufs Spiel setzen, schon gar nicht bei dem Wetter.« Er legte das Thermometer, das ein wenig aussah wie eine Spielzeugpistole, zurück in die Tasche und sah mich für mein Gefühl zu lange an.

»Na ja, ein bisschen vielleicht«, gab ich zu und schielte zu Simon, der bei meiner Äußerung die Brauen zusammenzog.

»Zum Glück ist alles glimpflich abgelaufen. Und Fieber haben Sie auch nicht. Gegen Ihre Halsschmerzen macht Agnes Ihnen einen Tee. Falls es nötig ist, nehmen

Sie ruhig eine Tablette.« Er kramte in seinem Koffer und zog eine Medikamentenschachtel heraus, die er mir hinhielt. »Wenn es Ihr Kreislauf zulässt, dann können Sie aufstehen. Gehen Sie raus und genießen Sie das schöne Wetter.« Bevor er das Zimmer verließ, drehte er sich noch einmal herum. »Passen Sie das nächste Mal besser auf sich auf.« Mit einem Augenzwinkern verabschiedete er sich.

Ich schenkte Simon ein herzliches Lächeln und bedeutete ihm, sich wieder neben mich zu setzen. »Was wolltest du mir sagen?«

Simon schaute mich verwirrt an, dann schien er sich zu erinnern, aber er umging meine Frage. »Warum hast du mir nicht gesagt, dass du dich nicht wohlgefühlt hast? Wir hätten nicht rausgehen müssen.«

»Mir hat die Idee gefallen, mit dir spazieren zu gehen. Und ich wollte keine Spielverderberin sein.«

Simon lächelte und nahm meine Hand in seine. Er starrte auf einen Punkt vor sich. Dann rutschte er auf der Bettkante hin und her und räusperte sich. Offensichtlich rang er nach Worten, die ihm nicht einfallen wollten. Er wirkte nun sehr gezwungen, und eine gespielte Fröhlichkeit überdeckte seine Unsicherheit. »Die Straßen sind wieder befahrbar. Der Räumdienst hat gute Arbeit geleistet. Thorsten und ich haben dein Auto geholt. Wir können heim.«

Heim? Es war, als arbeitete mein Herz nur noch auf Sparflamme. Dieses wertvolle Wort, das mir Sicherheit und Vertrautheit versprach, erschien mir nun schmucklos und unwirklich. Heim, ein Synonym für Einsamkeit.

»Was ist? Freust du dich gar nicht?« Simons Stirn schlug Falten.

»Doch, doch«, log ich. In Wirklichkeit spukten mir ganz andere Gedanken durch den Kopf. Nämlich warum er plötzlich so unentschlossen wirkte. Ich könnte ihn schlicht nach unserem Beziehungsstatus fragen. Aber ich traute mich nicht. Unsere leidenschaftlichen Küsse hatte ich mir doch nicht eingebildet, oder?

»Alles in Ordnung mit dir?«

Langsam hob ich meine Schultern. »Ich …«, fing ich an zu stottern. »Ich freu mich.« Die Stimme, die ich aus meinem Mund vernahm, war mir fremd. Ich war und blieb eine Lügnerin.

Simon strahlte. »Na dann. Ruh dich noch ein bisschen aus.« Vergnügt sprang er auf, stiefelte los in Richtung Tür und ließ mich mit meinem gebrochenen Herzen allein. Vielleicht machte ich mir aber umsonst Sorgen. Mein nächster Gedanke galt Kai. Gedankenverloren suchte ich den Kontakt heraus, aber ehe ich auf sein Bild tippte, um seine Nummer zu wählen, überlegte ich es mir anders. Vielleicht war es besser, nicht voreilig zu handeln.

Es dauerte nicht lange und ich langweilte mich. Also entschied ich mich, aufzustehen. Bevor ich ins Bad verschwand, schaute ich aus dem Fenster. Die Sonne schien immer noch mit aller Kraft und ließ die Landschaft mit all den dicken, zuckerwatteähnlichen, dick aufgeschütteten Kappen heimelig wirken statt bedrohlich kalt wie gestern in der Dunkelheit. Die Äste der Bäume ächzten von der Last und hingen schwermütig herunter. Der meterhohe Schnee passte zu der Jahreszeit, das musste ich zugeben, und ein merkwürdiges Gefühl, das nur diesem Winterwunderland zuzuschreiben war, erfüllte mich. Mir gefiel der Anblick. Ja, ich würde sogar sagen, dass mich der ganze Schnee verzauberte.

Simon lehnte gelassen mit den Händen in der Hosentasche am Zaun und sah den Kindern zu, wie sie sich mit Schnee bewarfen. Mit großen Schritten, dick eingepackt, kam Thorsten ihm entgegen und begrüßte ihn freundschaftlich mit einem Hieb auf die Schulter. Sie unterhielten sich. Hin und wieder schüttelte Simon den Kopf, fuhr sich mit der Hand über den Nacken oder nickte. Thorsten vollführte die Gestiken ebenfalls mit voller Inbrunst. Auszumachen, worüber sie sich unterhielten, war unmöglich. Lediglich an Simons betrübtem Blick erkannte ich seine Niedergeschlagenheit. Weswegen grämte er sich bloß? Ich entschied mich, gleich hinunterzugehen, um auch Thorsten zu begrüßen. Schließlich hatte ich unter anderem ihm mein Leben zu verdanken. Simons kratzigen Pullover zog ich mir zu guter Letzt über, dann stiefelte ich die Treppe hinunter. Mittlerweile hatte ich mich an die Wolle gewöhnt und er wärmte, statt zu piksen. Im Vorbeigehen grüßte ich Agnes und Bernhard, die ihre Köpfe über einen brodelnden Topf hielten und hineinstarrten, während Agnes rührte. Hastig schlüpfte ich in die klobigen Boots, schlang mir den ellenlangen Schal um den Hals, der ebenfalls Simon gehörte und seinen Duft in den Maschen trug, und hielt meine Nase in die frische, kühle Luft. Der Schnee knirschte unter meinen Sohlen, während ich die blendende Sonne mit der Hand abschirmte. Nichts ahnend lief ich den zwei sich unterhaltenden Männern grinsend entgegen, als mich dem Anschein nach ein überaus fachmännisch präparierter Schneeball am Rücken traf. Erschrocken drehte ich mich um, aber lediglich große Kinderaugen sahen mich unschuldig an.

Lea konnte mich unmöglich mit solch einer Kraft getroffen haben und Luca, der ebenfalls mit herzerweichenden Kulleraugen dastand, noch weniger. Abermals traf mich ein kraftvoller Ball. Wieder drehte ich mich um die eigene Achse und diesmal erwischte ich den Übeltäter. Manuel stand mit Natalie kaum zehn Schritte von mir entfernt und lächelte von einer Wange zur anderen. Und ehe ich mich versah, begrüßten sie mich herzlich.

»Schön, dass es dir wieder gut geht«, krächzte Natalie erleichtert. Wenn ich mich nicht täuschte, versteckte sich sogar eine Träne der Erleichterung in ihrem rechten Auge.

»Danke«, wisperte ich.

Manuel tat es seiner Frau gleich, nur blieb er stumm und nahm mich tröstend in den Arm. Trotzdem lächelte ich und hauchte ihm ein »Danke« zu.

»Hey, Ines«, rief Thorsten mit seiner eindringlichen Stimme, die zu seiner Größe passte.

»Hey«, erwiderte ich fröhlich und hielt ihm meine Hand entgegen. Statt sie anzunehmen, ignorierte er sie, schloss mich in seine großen, kräftigen Arme, als wollte er verhindern, dass ich einen steilen Abhang hinuntersprang. Wenn ich mich nicht bereits in Simon verliebt hätte, würde ich spätestens jetzt in Thorstens Armen schmelzen wie ein Schneemann in der Märzsonne.

»Es tut mir so leid«, beteuerte er.

»Ich weiß«, hauchte ich. Wie oft hatte ich diese Worte schon gehört, ohne wirklich Linderung in meinem Herzen zu spüren? Aber diesmal war es etwas anderes. Ich hatte niemanden verloren, sondern hatte Freundschaft gefunden.

Verlegen lösten wir uns und ich schenkte ihm ein Lächeln, das vor ein paar Tagen lediglich auserwählten Männern vergönnt gewesen war.

»Jetzt ist es aber gut. Nicht dass ich noch eifersüchtig werde.« Vereinnahmend zog mich Simon an seine Seite und legte federleicht seinen Arm um meine Taille.

Berauscht, mit klopfendem Herzen lächelte ich ihn an. Dann waren meine Bedenken wohl doch zu voreilig gewesen.

Thorsten hob abwehrend die Hände und grinste. »Hey, Alter. Ich werde dir schon nicht dein Mädchen wegnehmen.« Er formte einen Schneeball und bewarf mit Wucht seinen Freund, was sich schließlich zu einer ausgereiften Schlacht steigerte. Wie kleine Jungs tollten sie im Schnee und bekriegten sich auf kameradschaftliche Weise. Ich rollte mit den Augen und schlug Lea und Luca vor, einen Schneemann zu bauen, was sich tatsächlich für mich als eine echte Herausforderung herausstellte. Ich war wirklich nicht berufen, einen ausgewachsenen, stattlichen Schneemann zu bauen, wie man ihn aus Filmen oder Büchern kannte. Also begnügten wir uns mit einem kleineren, kniehohen Schneemann.

»Der ist aber ganz schön kümmerlich«, meinte Simon außer Atem, hielt den Kopf schief und überkreuzte die

Arme. Sein Brustkorb hob und senkte sich wie nach einem Hundert-Meter-Sprint. Die Verfolgungsjagd mit Thorsten war wohl vorbei.

»Gar nicht. Ich finde ihn schön«, widersprach ich vehement. »Es kommt ja nicht immer auf die Größe an«, fügte ich zweideutig hinzu.

»Stimmt, die inneren Werte zählen«, erwiderte er in einem unmissverständlichen Ton.

Ich zog die Luft ein. Da war es wieder. Mein Zweifel, der mir sagte, dass irgendetwas nicht stimmte. Und den ich schlicht verdrängt hatte und der mir nun auf dem Silbertablett serviert wurde. Meine Lüge überschattete mich wie eine anrollende Gewitterwolke im Sommer. Schwerwiegende Fehler waren nicht einfach auszuradieren. Sie gerieten allenfalls in Vergessenheit. Setzte man den Bleistift an und malte leicht über die eingravierten, zurückgebliebenen, jedoch unsichtbaren Linien, präsentierten sie sich, als wären sie nie weg gewesen.

Ich schluckte schwer und ließ Simon und die zwei Kinder, die ihren Schneemann weiterhin *verschönerten*, allein zurück. Mit hängenden Schultern trauerte ich einem Leben ohne Lügen nach.

Kapitel 14

»Wo willst du denn hin?« Thorsten schloss mit nur wenigen Schritten auf. »Ohne mindestens eine Begleitung darfst du dich vom Haus keine zehn Meter mehr entfernen. So sind hier die Bestimmungen.«

Ich schaute dem Hünen mit dem rötlichen Gesicht in die Augen und zwang mich zu einem Lächeln. Auch wenn ich Thorsten mochte, wäre es mir lieber gewesen, wenn Simon mir nachgegangen wäre. Verdrießlich steckte ich die Hände in die Jackentasche und lief stumm neben meinem ebenfalls schweigenden Begleiter her.

»Wenn dir aber kalt wird, sag bitte rechtzeitig Bescheid«, unterbrach er die friedliche Stille.

»Klar.« Kurz überlegte ich, ob es möglich war, Thorsten ein paar Informationen über Simon zu entlocken. Immerhin waren oder sind sie beste Freunde, und was sprach dagegen, sich ein klein wenig über den anderen zu informieren? »Darf ich dich mal was fragen?« Ich legte den Kopf in den Nacken und sah zu ihm hoch.

»Sicher. Was willst du über Simon wissen?« Thorstens Schalk funkelte in seinen Augen.

Ich seufzte und schüttete ihm mein Herz aus. »Ich werde das Gefühl nicht los, dass irgendetwas nicht stimmt. Seit heute Morgen ist Simon verschlossen. Obwohl er mir verziehen hat.«

»Eben hatte ich nicht den Eindruck, als wäre er böse auf dich.«

»Das ist es ja«, sagte ich bedrückt. »Erst vermittelt er mir den Eindruck, als wäre alles gut, und dann scheint er mir reserviert, als würde ihn irgendetwas belasten.«

»Gib ihm einfach Zeit«, schlug er vor. »Hast du dir mal Gedanken darüber gemacht, was ist, wenn ihr wieder zu Hause seid? Im Büro.« Thorsten blieb stehen und schaute auf mich herab. »Simon hat mir einiges über euer *Zusammentreffen*«, – bei dem Wort malte er Gänsefüßchen in die Luft – ,»erzählt. Ich kenne dich zwar erst kurz, aber das, was ich über dich gehört habe, widerspricht sich zu hundert Prozent mit der Person, die gerade vor mir steht. Kannst du dir vielleicht vorstellen, dass Simons Besorgnis damit zusammenhängt, dass du wieder ganz die Alte bist, wenn ihr zu Hause seid?«

Wie ein Schlag ins Gesicht traf mich die nüchterne Erkenntnis. Egal wie ich es drehte und wendete, ich konnte mich noch so sehr anstrengen, mich zu ändern, mich als die echte, wahrhaftige und liebevolle Ines zu zeigen, die vor dem Schicksalsschlag existiert hatte. Es würde immer ein bitterer Beigeschmack zurückbleiben. »Er soll mich nicht mehr als die zickige, oberflächliche Ines sehen.«

»Gib ihm Zeit. Setz ihn bloß nicht unter Druck. Das mag er nämlich gar nicht.«

»Meinst du, ich habe eine Chance bei ihm?« Den Kopf immer noch in den Nacken gelegt, sah ich zu ihm auf. Ein verschmitztes Lächeln umspielte seinen Mund.

Thorsten hielt demonstrativ einen Daumen in die Höhe. »Erstens, Simon ist kein Mann, der sich von irgendeiner weiblichen Person rumschubsen lässt. Egal ob hässlich oder wunderschön.« Nun zeigte er zusätzlich seinen Zeigefinger. »Zweitens lässt er sich niemals auf eine Frau ein, für die er nichts empfindet. Egal ob hässlich oder wunderschön. Und drittens« – drei Finger hielt er anschaulich zum Mitzählen hoch – »würde er niemals nach nur einem Blickkontakt mit einer fremden Frau ins Bett gehen, wenn er sich nicht Hals über Kopf in sie verliebt hätte. Egal ob hässlich oder schön. Schon gar nicht, wenn sie Michelle heißt«, fügte er lachend hinzu.

Ich verpasste ihm einen Hieb, aber nach seiner Statur zu urteilen, glich der Schlag dem Kitzeln einer Fliege. »Er hat wirklich kein Detail ausgelassen, hm?« Wie peinlich.

Thorsten Mimik wurde wieder ernst. »Jetzt nach deinem Wissensstand und deiner Einsicht, dass Simon kein Mann für eine Nacht, sondern eher für den Rest des Lebens ist, was würdest du anders machen?«

»Alles«, sagte ich im Brustton der Überzeugung. Ganz besonders würde ich ihn nicht wie eine Kiste Altkleiderklamotten in den Keller stellen. Wenn ich doch nur die Zeit zurückdrehen könnte. Ein kleiner Zettel mit meiner Telefonnummer und meinem echten Namen.

Thorsten grinste breit. »Dann war es bei dir vielleicht sogar Liebe auf den ersten Blick, nur dass du blind warst.«

Ich schenkte Thorsten ein aufrichtiges Lächeln, das jäh durch das durchdringende Klingeln meines Handys gestört wurde. Flink fischte ich es aus den Tiefen meiner Jackentasche heraus. Nadines überaus attraktives Bild grinste mich an, während mein Smartphone ungeduldig in meiner Hand vibrierte. »Es ist meine Freundin, ich glaub, da muss ich drangehen«, entschuldigte ich mich bei meinem Gegenüber.

Thorstens Augenbrauen hüpften überrascht nach oben und er schnappte sich mein Handy, ehe ich Gelegenheit hatte, das Gespräch anzunehmen. »Guten Tag, Frau …« Thorsten stoppte abrupt und sah mich auffordernd an.

»Frau Melzer«, klärte ich ihn grinsend auf. Das Handy war so laut eingestellt, dass ich alles mithören konnte.

»Frau Melzer«, vervollständigte er seine Begrüßung.

»Wer ist da? Ich möchte mit Ines sprechen.« In ihrem Ton schwang eine Menge Argwohn mit.

»Die ist gerade verhindert«, log Thorsten, ohne mit der Wimper zu zucken. »Bevor ich Sie jedoch weiterreichen kann, muss ich Ihnen ein paar persönliche Fragen stellen.«

»Und die wären?«, säuselte Nadine. Vermutlich war es Thorstens tiefe, männliche Stimme, die Nadine neugierig machte.

»Besitzen Sie ein Auto? Mögen Sie die Natur? Welche Schuhgröße haben Sie? Haben Sie einen Freund? Und die allerwichtigste Frage: Können Sie kochen?«

Ich hörte Nadine glucksen. »Ja, ja, achtunddreißig, nein und ja.«

Nadine und Natur? Na ja, das sollte ich vielleicht klarstellen. Sie mochte es auf jeden Fall, auf der Rücksitzbank auf einem verlassenen Waldparkplatz vernascht zu werden. Und kochen? Allenfalls Nudeln mit Tomatensoße.

»Das hört sich außerordentlich interessant an.«

Wenn ich das nicht sofort cancele, würde Nadine noch auf die Idee kommen, mit Thorsten Telefonsex zu führen, vor meinen Augen. Schnell nahm ich mein Handy zurück und bedachte den Entführer mit einem tadelnden Blick. »Nadine. Hi. Hier bin ich.«

Thorsten grinste von einer Wange zur nächsten.

»Wer war das?«, kreischte Nadine aufgeregt.

»Och, das war nur Thorsten. Simons Freund.«

»Sieht er so gut aus, wie sich seine sexy Stimme anhört?«

Verstohlen machte ich mir ein Bild von Thorstens Äußerem, drehte mich aber diskret von ihm weg, damit er nicht das komplette, irrwitzige Gespräch mit anhören musste. »Ja«, nuschelte ich kaum hörbar.

»Oh my God. Seine Hände. Sind seine Hände groß?«

Du meine Güte. Wenn ich es nicht besser wüsste, würde ich denken, Nadine läge wie ein sabberndes Bündel in Fötusstellung auf dem Boden. »Ja«, antwortete ich kurz.

»Wie groß? Untertassentellergroß?«, wollte sie misstrauisch wissen.

»Nein, pizzatellergroß, würde ich sagen.«

»Oh ja«, wimmerte sie, als stünde sie gerade kurz vor dem Orgasmus. »Oh Mann. Warte mal. Welches Scheißfoto hast du als Kontaktbild eingespeichert?«

»Äh«, stotterte ich. »Irgendeins.«

»Verdammt noch mal.«

»Weißt du was? Wenn ihm dein Aussehen nicht gefallen hätte, dann hätte er mir das Handy nicht weggenommen. Ich gebe ihm einfach deine Nummer, dann könnt ihr euch in Ruhe austauschen.«

Versöhnlich nahm sie das Angebot an. »Du bist die Beste.«

»Warum rufst du überhaupt an?«, fragte ich.

»Ich wollte mich mal nach meiner Freundin erkundigen und wie es so in *Whoville* läuft. Bist du immer noch als Grinch unterwegs? Oder hat sich die Lage entspannt? Also, bei uns hat es endlich aufgehört zu schneien.«

»Wir fahren heim«, erwiderte ich knapp, unterlegt mit einem seufzenden Unterton.

»Mensch, das ist doch spitze. Oder sagst du mir jetzt etwa, du willst gar nicht?«

Ich zuckte mit den Schultern, obwohl sie es nicht sehen konnte.

»Mensch Ines? Was ist los?«

»Du wirst es nicht glauben, aber *ich* habe den kühlen, schützenden Umhang abgelegt.«

Kapitel 15

Zurück in dem außerordentlich warmen Haus der Hoffmanns verkroch ich mich in mein Zimmer und sammelte meine Siebensachen für die Heimfahrt ein. Viel musste ich nicht packen, die meisten Dinge gehörten Natalie. Mein großer Koffer mit der wirklich schönen, unfunktionellen Kleidung lag unberührt im Kofferraum meines Mercedes.

Svenja staunte Bauklötze in der Größe einer Pyramide, als sie meinen Wagen in Augenschein nahm. Thorstens grinsendes Gesicht, als ich ihm Nadines Nummer gegeben hatte, spukte mir noch vor dem inneren Auge herum. Seitdem fehlte von ihm jede Spur.

Drei Mal klopfte es an der Tür, bevor Simon hereinkam. Ich freute mich über seinen Überraschungsbesuch.

»Hey«, sagte ich, während ich geschäftig seinen Pullover zusammenfaltete und ihn auf das akkurat gemachte Bett legte.

Er schlich sich katzenartig von hinten an, legte seine Arme um meine Taille und drückte mir zu guter Letzt einen Kuss zwischen Hals und Schulter. Ein wohliger Schauer lief mir den Rücken hinunter. »Hey«, raunte er mir auf die Haut, die an der Stelle besonders dünn war. Dementsprechend empfindlich reagierte ich.

»Hey«, wiederholte ich sinnfrei.

»Bist du so weit?«

»Womit?« Ich runzelte die Stirn.

»Meine Mutter hat extra für uns ein Abschiedsessen gekocht.«

»Ach so.« Mir fiel ein Stein vom Herzen. »Und ich dachte schon, du hast den Wagen bereits warmlaufen lassen.«

Simon legte den Kopf schief. »Irgendwie glaube ich, dass du es plötzlich gar nicht mehr so eilig hast, nach Hause zu kommen.«

Da traf er mitten ins Schwarze. Es gab eine Million Dinge zu beantworten, die garantiert auf dem Heimweg Teil unserer Unterhaltung sein sollten, falls wir nicht stumm nebeneinandersitzen würden. »Nein, nein«, log ich. »Ich freu mich auf zu Hause.« Selbst ich spürte, wie unaufrichtig das klang.

Er nickte knapp und fuhr sich mit der Hand durchs Haar. Den Blick starr auf den Boden geheftet, schüttelte er kaum wahrnehmbar den Kopf. Schließlich schaute er mich mit seinen blauen Augen an und murmelte dann: »Gut. Das ist gut.« Jedoch hatte ich das Gefühl, sein Ausdruck glich dem eines verschreckten Eichhörnchens, das im Lichtschein geblendet wurde.

Es roch herrlich nach Braten mit dunkler Soße und nach gedünstetem Gemüse. Der Duft stieg mir bereits im Flur in die Nase und ließ mir das Wasser im Munde zusammenlaufen. Der Tisch war stilvoll gedeckt, ein reines weißes Leinentuch lag festlich darauf. Hübsches Silberbesteck fand exakt genau neben dem teuren Geschirr mit Goldrand Platz und edle Kristallgläser mit aufwendigen, extravaganten Glasschliffen machten die Tafel perfekt. So viel Stil hätte ich den Hoffmanns gar nicht zugetraut.

»Du tust ja gerade so, als wäre heute schon Weihnachten«, sagte Simon sichtlich überrascht zu seiner Mutter.

»Aber heute ist euer letzter Tag und wer weiß, wann ich euch das nächste Mal wiedersehe?« Geschickt stellte sie die Schüssel mit den Klößen auf einen freien Platz des Tisches und verschwand gleich wieder in die Küche, um den Braten zu holen.

»Ich komme Heiligabend wieder. Es ist so, als wenn ich gar nicht weg wäre.«

Bei dem Satz verknotete sich mein Magen. Der Gedanke, dass Simon ohne mich Weihnachten feierte, stimmte mich traurig.

»Setz dich doch«, forderte mich Simon auf und zog mir gentlemanlike den Stuhl zurecht.

»Danke.«

Kaum dass alle auf ihren Plätzen saßen, öffnete sich langsam die Tür, und Daniela kam reumütig in das Zimmer. Im ersten Moment hüpften meine Gedanken im Zickzack und ich wollte ihr am liebsten an die Gurgel springen, aber ihr zerknirschter Gesichtsausdruck hinderte mich daran. Ihr lag offensichtlich etwas auf dem Herzen. Alle Aufmerksamkeit galt nun ihr.

»Ich wollte mich bei euch entschuldigen. Besonders bei dir, Ines. Es war nie meine Absicht, dich erfrieren zu lassen. Meine Eifersucht hat wohl meinen Verstand geraubt. Über die Konsequenzen war ich mir nicht bewusst.« In ihrem Augenwinkel schimmerte verdächtig eine Träne. »Es tut mir leid.« Daniela stierte auf ihre Fußspitzen, während sie nervös die Hände rieb.

Im Stillen beglückwünschte ich sie zu ihrem Mut. Nur zu gut konnte ich nachempfinden, was sie für einen Kampf mit sich bestritten haben musste, um sich vor allen Anwesenden zu entschuldigen. Aufrichtig lächelte ich sie an und nahm ihre Abbitte an.

Das Angebot, mit der Familie zu speisen, schlug Daniela aus und verabschiedete sich gleich wieder. Und nachdem Ruhe eingekehrt war, nahmen wir unsere Unterhaltung wieder auf.

»Seid ihr wirklich sicher, heute noch heimfahren zu wollen? Es wird schon dunkel.« Agnes legte ein besorgtes Gesicht auf, während sie aus dem Fenster schaute.

»Mama, wir sind keine Kinder mehr.«

»Trotzdem ist es halsbrecherisch und riskant, wenn ihr euch bei der Kälte los wagt. Es kann jederzeit wieder schneien, und ihr wisst gar nicht, wie die Straßenverhältnisse woanders sind.«

»Amen«, erwiderte Simon und rollte mit den Augen.

»Mama hat recht«, mischte sich Natalie ein. »Es ist klirrend kalt. Warum bleibt ihr nicht noch eine Nacht?« Natalie zwinkerte mir zu.

Ja, warum eigentlich nicht? Die Reise könnte ich immer noch Kai geben. Ich wendete den Blick auf Simon.

Seine Kiefermuskeln arbeiteten. Beiläufig wischte er sich die Hände an der Hose ab und räusperte sich schließlich umständlich. »Ich muss noch dringend in die Firma und etwas Wichtiges erledigen.«

Meine Nackenhaare stellten sich senkrecht auf. Den Blickkontakt, den ich von ihm forderte, mied er geflissentlich.

»Was gibt es denn jetzt noch Dringendes zu tun? Kurz vor Weihnachten?«, erkundigte sich Bernhard.

Ja, was gab es bitte Wichtiges zu erledigen, wovon ich nichts wusste? Sollte ich nachhaken? Ich blieb vorerst stumm. Auf der Heimfahrt konnte ich das genauso gut klären.

»Sag mal, wie läuft's denn so mit der Umschulung?« Wich Simon seinem Vater aus und wandte sich an Benni.

»Ich überlege, sie abzubrechen«, antwortete der mit gesenktem Kopf.

Alle Aufmerksamkeit galt jetzt natürlich Benni und seiner Umschulung. Bernhards Frage wurde einfach im Keim erstickt. Jetzt verstand ich, warum Svenja sauer auf ihren Benni war und warum er sie auf Knien angefleht hatte.

»Sich so eine Chance entgehen zu lassen.« Svenja sah Benni vorwurfsvoll an.

»Du hast immer rumgestresst, weil ich nie da bin«, rechtfertigte er sich. »Außerdem habe ich noch gar nicht abgebrochen. Ich überlege noch.«

»Was ist das denn für eine Umschulung?«, fragte ich, damit ich mich in die Unterhaltung einbringen konnte.

»Pflegehelfer«, sagte er, und fast hatte es den Anschein, als nähme er mich jetzt erst wirklich wahr.

»Das ist toll«, beglückwünschte ich ihn. »Fachkräfte werden in dem Zweig händeringend gesucht.«

Svenja legte beschwichtigend ihre Hand auf Bennis Arm. »Lass mal, Benni, die verehrte Dame hat bestimmt nichts übrig für jemanden, der anderen Leute den Arsch abwischt.« Zu allem Überfluss beugte sie sich zu ihrem Freund hinüber und flüsterte ihm etwas ins Ohr. Wortfetzen wie »Seidenbluse« und »schwerer Mercedes« schnappte ich auf.

Ich runzelte die Stirn. Was sollte das denn bitte? Verkrampft hielt ich mich an meiner Gabel fest, während Benni mich abschätzig musterte.

»Jeder ist seines Glückes Schmied«, murmelte Bernhard in sein Stück Braten, den er sich in den Mund schob.

»Ich habe hart gearbeitet für meine Seidenbluse und für meinen Mercedes«, verteidigte ich mich gereizt. Und wie ich dafür geackert hatte.

»Lass gut sein«, meinte Simon und fuhr mit der Hand über mein Bein.

Diese Geste beruhigte mich tatsächlich, trotzdem biss ich die Zähne zusammen.

»Also hast du noch gar nicht aufgegeben«, stellte Agnes beseelt fest.

»Nee, es war nur mal so dahergeredet. Svenja hat das gleich viel zu ernst genommen.«

»Sag mal, Anna, wie läuft's so in der Schule?« Simon lenkte das Gespräch nun auf seine Nichte, worüber ich sehr dankbar war.

Vielleicht war das Thema für mich etwas unverfänglicher. Ich schloss mich der Unterhaltung an. »Hast du vor, das Abi zu machen?«, fragte ich und lächelte sie an. »Ich kann dir vielleicht helfen, falls du überhaupt Hilfe benötigst.«

»Ja, vor allem beim Klugscheißen und bei der Eitelkeit.« Benni hielt sich den Bauch vor Lachen. Er war allerdings der Einzige, abgesehen von Svenja, die lachte auch.

»Oma, was ist Klugscheißen?«, fragte Lea und sah Agnes mit großen Augen an.

»Das ist, wenn man viel weiß und angeberisch jeden darauf hinweist, dass man so viel weiß.«

Danke für die anschauliche und präzise Erklärung, Frau Hoffmann. Aber ich bin keine Klugscheißerin. Ruhig bleiben, einfach nur ruhig bleiben. Simons Hand auf meinem Bein fühlte sich plötzlich tonnenschwer an.

»Und Sie haben sich nicht für ein Medizinstudium entschieden?«, erkundigte sich Bernhard bei mir. »Sie hätten die Praxis mit ihrer Mutter führen können.«

»Meine Mutter hätte es sich gewünscht, aber ich hatte mir damals ein anderes Ziel gesetzt. Ich wollte die Welt bereisen. Mit Kunden in Verhandlungen gehen. Mich behaupten. Die kleine Praxis meiner Mutter war nicht der richtige Ort für mich. Ich wäre zu gebunden gewesen.« Im Nachhinein hätten mich wahrscheinlich die glücklichen Eltern meiner Patienten um den Verstand gebracht.

Bernhard nickte. »Ja, unser Simon hatte da auch andere Vorstellungen.«

Anna tat mir leid, das Gespräch war sofort im Keim erstickt worden, bevor sie überhaupt hätte antworten können. Ich nahm die Unterhaltung gleich wieder mit ihr auf. »Anna, hast du denn schon konkrete Vorstellungen, was du später mal arbeiten möchtest?«

Ihre Augen sprühten regelrecht voller Enthusiasmus. »Ja. Ich möchte nach meinem Abi ein Auslandsjahr machen. Dann werde ich in die Forschung gehen und irgendetwas Bahnbrechendes entdecken, wofür ich dann einen Preis einheimse. Am liebsten den Nobelpreis.« Anna grinste breit.

»Hey, das ist klasse. Welche Richtung hast du dir vorgestellt? Physik, Chemie?« Großartig, wie strebsam Anna war.

»Ich dachte da eher an Krebsforschung. Pharmazeutisches Forschen oder so.«

»Wow. Dass ein Mädchen in deinem Alter schon solche Ziele hat. Das ist echt bewundernswert.« Mit einem anerkennenden Blick beglückwünschte ich Natalie und Manuel. »Dann hoffe ich, dass deine Noten stimmen. Wenn du Fragen hast, darfst du mich ruhig anrufen.« Ich bedachte Anna mit einem Zwinkern, die es mit einem Strahlen annahm.

»Ach, das ist bestimmt nur so eine Phase«, winkte Natalie leichtfertig ab. »Wenn erst einmal die Jungs ins Spiel kommen.«

Sofort legte sich ein Schatten auf Annas Gesicht, zusätzlich überkreuzte sie eingeschnappt die Arme und sagte mit Nachdruck: »Ich will Karriere machen.«

»Jaja. Und versauerst in deinem Kittel in irgendeinem Kellerloch, wo es noch nicht einmal Tageslicht gibt. Den ganzen Tag begutachtest du irgendwelche Petrischalen, deren Inhalt ekliger ist als die volle Windel deiner Schwester. Die du übrigens hin und wieder wechseln dürftest, aber dafür ist sich Madame zu fein.«

»Es ist ja nicht mein Kind«, erinnerte Anna ihre Mutter.

»Aber deine Schwester. Früh übt sich.«

»Mama. Ich werde kein Kind bekommen. Vielleicht irgendwann mal. Aber die nächsten fünfundzwanzig Jahre nicht.«

»Du willst doch nicht wirklich so eine Karrierefrau werden, die nichts außer Arbeiten im Sinn hat und irgendwann, wenn sie in einem Alter ist, feststellt, dass sie ganz allein ist und nichts außer einem dicken Konto vorzuweisen hat. Willst du das wirklich?«

Mir stockte der Atem. Ich fühlte mich angegriffen. »Seit Jahren wird für Frauen in Führungspositionen geworben. Viele entscheiden sich für Kinder, wenn sie Ende dreißig sind«, widerlegte ich. Meine Stimme klang rau und innerlich war ich zum Zerbersten angespannt. Simon ebenfalls. Im Augenwinkel sah ich, wie seine Kiefer arbeiteten. Da wirkte selbst seine beruhigende Art nicht mehr.

»Ja, Anna. Kinder sind das Beste«, hörte ich Svenja sagen. »Guck dir mal Ines an. Die ist bestimmt schon vierzig und außer einem guten Einkommen hat sie nichts. Noch nicht mal einen Mann.« Ihre Worte unterlegte sie gekonnt mit einem gehässigen Unterton. Sie fixierte mich abschätzig und gab mir zu verstehen, dass ich ihrer Meinung nach minderwertig war, weil ich als Frau versagt hatte, was das Kinderkriegen anbelangte.

Alle Augenpaare waren nun auf mich gerichtet.

»Ich bin wirklich kein gutes Beispiel«, rechtfertigte ich mich. Mit einem Mal kehrten meine Kopfschmerzen zurück. Außerdem war ich längst nicht so alt.

»Wieso das auf einmal nicht?«, fragte Benni.

»Das Leben ist nicht immer fair zu einem, das solltet ihr wissen. Benni und Svenja«, sagte Simon bissig.

Benni bedachte ihn mit einem geringschätzigen Blick, ging aber weiter nicht darauf ein.

»Wie damals, mit dem Unglück, was deinem Freund passiert war. So etwas Schreckliches. Hast du denn mal wieder etwas von ihm gehört?«, fing Natalie plötzlich an und schüttelte sich bei der Erinnerung. »Wie hieß der noch gleich?« Als würde sie anstrengend überlegen, tippte sie sich mit dem Zeigefinger auf die Stirn.

»Tim, glaube ich, oder Tom?«, antwortete Svenja. »Seine Freundin, die dämliche Kuh, war vor ein Auto gesprungen. Total hysterisch muss die auf die Straße gerannt sein.« Demonstrativ zeigte sie uns allen einen Vogel. »Deswegen hat sie ihr Baby verloren.«

Simon wurde leichenblass.

Ich ebenfalls. In Zeitlupentempo drehte ich den Kopf zu ihm und starrte ihn an. »Wann genau war das?«, fragte ich tonlos zu niemand Bestimmten. Ich hörte jemanden wie durch Watte nuscheln. »Vor drei Jahren, ungefähr.«

Wie in einem Film liefen die Bilder vor meinem inneren Auge ab, deutlicher denn je, obwohl ich sie doch immer zu verdrängen wusste.

Es war Mittag gewesen. Ich hatte Tim gerade in flagranti mit dieser Frau erwischt. Wie vom Teufel besessen hastete ich die Treppen hinunter, durch das Foyer, durch die Eingangstür, wo sich gerade eine Person aufhielt. Für den Bruchteil einer Sekunde trafen sich unsere Blicke. Wie verzaubert hatten sich diese Augen in mein Hirn eingebrannt, deren Farbton an einen dämmrigen, kalten Winterhimmel erinnerte, wenn das Grau in der untergehenden Sonne blau schimmerte. Sie verfolgten mich bis auf die Straße, wo ich unaufhaltsam, ohne zu stoppen, gegen das Auto prallte. Simon. Simon hatte mich an diesem schicksalsträchtigen Tag gesehen. Diese Augen waren mir nicht fremd, sie waren mir vertraut. Ich hatte sie bloß gut verbannt.

»Tim ist ein alter Studienkollege von mir«, erzählte er mit belegter Stimme. »Wir hatten uns für den Tag verabredet.«

Simon war ein alter Bekannter von Tim? Wieso kannte ich ihn dann nicht? Ich kramte in meinen letzten Hirnwindungen. Nein. Tim hatte ihn mir nie vorgestellt.

Simon schüttelte kaum wahrnehmbar den Kopf und presste die Lippen aufeinander. Fahrig fuhr er sich mit einer Hand durch die Haare. Eine Geste, die ich bis eben als sehr anziehend empfunden hatte und jetzt in mir lediglich einen Würgereiz provozierte.

»Was wolltest du bei ihm?«, fragte ich tonlos. »Wolltet ihr euch die Tussi teilen? Durftest du auch mal ran? Erst er, dann du?« Meine Stimme überschlug sich. Und mein Herz sprang gegen meinen Brustkorb.

»Ines. Nein. Ich wusste nichts davon. Noch nicht einmal, dass er eine Freundin hatte. Wir haben uns aus den

Augen verloren und ein dummer Zufall hat uns wieder zusammengebracht. An dem Tag war ich kurz in der Stadt, auf der Durchreise zu meinen Eltern, und er hatte mich eingeladen.«

»Hä? Ich verstehe das alles nicht«, meinte Benni, »Ist Ines diejenige, die angefahren wurde?«

»Ja«, antwortete ich mit fester Stimme. »Ich bin die hysterische Kuh, die gegen das Auto gerannt ist.« Dabei ließ ich Simon nicht aus den Augen wie bei einem Schießduell.

»Ines, das ist wirklich furchtbar«, hörte ich Natalie sagen. »Warum hast du denn nie irgendwas gesagt?«

Ich schnaubte. »Sollte es nicht besser heißen, warum Simon nie davon erzählt hat? Dass mein Ex Simons Freund ist.« Ich legte den Kopf schief und funkelte ihn an. »Warum hast du bei Engelmey angeheuert? Hat es dir nicht gereicht, dass du und Tim mir mein Leben genommen habt? Jetzt krallst du dir auch noch meinen Job.« Tränen der Wut rollten meine Wangen herunter. »Und ich Vollidiotin bin auch noch auf dein Gesäusel hereingefallen. ‚*Du gehst ein, wenn du nichts an dich ranlässt*‘«, äffte ich ihn nach. Ich schnalzte mit der Zunge, während ich mein feuchtes Gesicht mit dem Handrücken abwischte.

»Ines«, versuchte Simon mich zu beruhigen und legte seine Hand auf meinen Arm, die ich sofort wegschlug. Trotz des Widerstands erzählte Simon: »Engelmey ist Tims Onkel.«

Wie ein Schlag ins Gesicht trafen mich die Worte. Fassungslos starrte ich Simon an. Das kann alles nicht wahr sein. »Du lügst«, war das Erste, was mir in den Sinn kam.

»Nein. Nachdem du den Unfall hattest, hat Tim alles in die Wege geleitet, damit du einen neuen guten Job bekommst. Glaubst du etwa, Tim wäre ein Monster? Ihm ist das genauso nahe gegangen. Er war völlig am Ende. Er hat versucht, Kontakt zu dir aufzunehmen.«

»Ich wollte aber keinen.« Sicher hatte er sich bemüht, mich zu treffen, ich konnte das jedoch umgehen. Auf keinen Fall wollte ich ihm unter die Augen treten. Danach habe ich ihn nie wieder gesehen.

»Ja. Das hast du ihm zu spüren gegeben.«

»Er ist an allem schuld.« Über diese Wende war ich so erschüttert, dass mir die Worte fehlten. Wie blind und naiv ich doch gewesen war. Meine ganze Karriere baute lediglich auf Mitleid auf, nicht auf der harten Arbeit und dem Wissen, das ich investiert hatte. Es war nur ein abgekartetes Spiel zwischen Tim und Engelmey.

»Engelmey hat sich Sorgen um dich gemacht. Du hast dich in die Arbeit geschmissen. Ohne Rücksicht auf andere, ohne Rücksicht auf dich. Jeder Mensch braucht mal eine Pause, auch du«, sagte er mit Nachdruck. »Er meinte es nur gut.«

Abwehrend hielt ich meine Hand hoch. »Lass gut sein. Ich brauche keine Erklärungen.« Ich hatte genug gehört. Mit durchgestrecktem Rücken schaute ich in die Runde.

»Herr und Frau Hoffmann. Ich danke Ihnen für Ihre Gastfreundschaft. Natalie, danke für die geliehenen Klamotten.« An Anna wandte ich mich ebenfalls. »Hab ein Ziel vor Augen und lass dir nichts erzählen. Finde heraus, was für dich am besten ist. Lass dich nicht beeinflussen. Schon gar nicht von irgendwelchen dahergelaufenen Männern«, setzte ich hinzu. »Lass dir nie einreden, dass du schlechter oder weniger schlau wärst, nur weil du eine Frau bist. Svenja und Benni.« Für diese beiden hatte ich keine Danksagung oder sonst irgendwelche Ratschläge übrig. Neugierig sahen sie mich an, aber von meiner Seite kam nichts außer: »Viel Glück.« Und ein Schulterzucken.

Verwundert beäugte sich das Paar. Vermutlich hatten sie mit derartigen Wünschen von mir nicht gerechnet.

Gerade als ich gehen wollte, sprang die Tür auf und Thorsten kam in den Raum. »Es fängt schon wieder an zu schneien«, begrüßte er uns missmutig.

Ohne ihm wirklich Beachtung zu schenken, stürmte ich an ihm vorbei.

Kapitel 16

Mit zittrigen Fingern versuchte ich den Schlüssel in das Zündschloss zu stecken. Ich wusste, dass Simon mir folgen würde. Gleich würde er vor meiner Fahrertür stehen. Noch ein Grund mehr, warum meine Hände mir nicht gehorchten und ich dieses verdammte Auto zum Fahren bringen musste. Meine Intuition täuschte mich nicht.

»Ines. Bitte fahr nicht.« Simon stand direkt neben dem Fenster und klopfte an die Scheibe. Seine blauen Augen schienen sogar in der Dunkelheit zu leuchten.

»Lass mich in Ruhe«, schrie ich und wie von Geisterhand bäumte sich der Motor auf. Endlich war ich startbereit.

»Ich wollte es dir schon die ganze Zeit sagen. Lass uns reden. Ganz in Ruhe«, schlug Simon vor.

Abfällig schaute ich ihn durch die Scheibe an. Er wirkte erschöpft und bekümmert, aber irgendwie auch kämpferisch.

»Vergiss es«, meinte ich kühl und endlich gelang es mir, den ersten Gang einzulegen. Mit durchdrehenden

Reifen fuhr ich los. Im Rückspiegel erkannte ich, wie Simon mir mutlos hinterherschaute und immer kleiner wurde. Kaum eine Minute später vibrierte mein Handy. Ein kurzer Blick genügte, um zu erahnen, wer anrief. Simon. Ich ging natürlich nicht ran. Sollte er sich die Hände wundwählen. Lieber rief ich Nadine an, in der Hoffnung, dass Thorsten dies nicht schon längst erledigt hatte. Per Sprachsteuerung wählte ich ihre Nummer.

»Ines, meine Süße, was ist los?« Vermutlich wusste sie schon Bescheid. Trotzdem freute ich mich, Nadines Stimme zu hören, nach dem zweiten Freizeichen war sie bereits rangegangen.

»Bist du zu Hause?«, fragte ich tränenerstickt. Die Straßen waren noch frei. Ich kam im Gegensatz zu der Hinfahrt gut durch und hoffte, bald zu Hause zu sein.

»Ja. Aber jetzt erzähl mir erst mal, was passiert ist.«

Ich rollte mit den Augen. Niemals hätte ich Thorsten ihre Nummer geben sollen. »Wieso? Du weißt doch eh schon alles.«

»Scheiße, dir kann man aber auch nichts vormachen. Kehr lieber um. Draußen herrscht das Chaos. Simon macht sich große Vorwürfe. Und er sorgt sich um dich.«

»Wenn sich hier jemand etwas vorzuwerfen hat, dann bin ich das, kapiert? Ich hätte auf meinen Verstand hören sollen. Nie hätte ich ihn so nah an mich ranlassen dürfen.« Millionen Schneeflocken flogen auf die Windschutzscheibe und versperrten mir die Sicht. »Sag ihm, er soll mir auf keinen Fall folgen. Ich werde ihm die Tür eh nicht öffnen. Da kann er sich auf den Kopf stellen.«

»Ines, meine Süße, beruhig dich erst mal. Fahr vorsichtig und am besten, du kommst gleich zu mir.«

»Du redest mit mir, als wäre ich ein kleines Kind.«

»Bis gleich«, verabschiedete sich Nadine und ging so der Debatte aus dem Weg.

»Bis gleich.«

Hochkonzentriert folgte ich der Straße, aber meine Gedanken ließen sich einfach nicht abstellen. Engelmey war Tims Onkel. Tim hatte also jede Bewegung von mir mitbekommen, wusste alles, was ich machte, was ich machen würde. *Big Brother is watching you.* Mein Leben, meine Karriere – eine einzige Lüge.

Das Radio hatte ich bereits nach dem ersten Weihnachtssong ausgeschaltet und ließ mich nun von meiner Playlist ablenken. Wie von Zauberhand ging es mir schon besser. Nach langem Grübeln erwog ich, die gefühlvolle Ines abzulegen und zu der unerschütterlichen Person zurückzukehren, der ich vertrauen konnte. Dann war ich eben Elsa, die Eiskönigin. Mir doch egal. Mir ging es gut dabei.

Mein Navi navigierte mich nach überraschend wenigen Stunden zu meiner Freundin. Mein Handy stellte ich irgendwann ab, weil Simon mehr Durchhaltekraft zeigte, als ich gedacht hatte. Jede Minute versuchte er mich zu erreichen. Aber ich wusste es zu verhindern.

»Oh my God«, fast schon schreiend zog mich Nadine an ihre Brust.

»Nicht so laut«, ermahnte ich meine Freundin. »Deine Nachbarn sind so neugierig, die stehen gleich alle im Flur.«

»Komm rein«, forderte sie mich flüsternd auf, was definitiv hinfällig war, denn die erste Tür öffnete sich bereits und ein älterer Herr in einem ausgebeulten Schlafanzug rief: »Was ist das denn hier für ein Krach?«

»Nichts, alles gut. Schlafen Sie ruhig weiter.« Nadine schenkte dem alten Mann, der an die hundert Jahre alt sein musste, ein strahlendes Lächeln, was ihn gleich besänftigte. Er nickte lediglich und schloss brummig die Tür.

Mit rollenden Augen schob sie mich in das Wohnzimmer, wo sich Kai aufhielt und mir bereits entgegenkam.

»Kai«, rief ich. »Das ist ja eine Überraschung.«

»Ines.« Schluchzend fand ich mich in seinen Armen wieder. Nachdem wir unser Wiedersehen gefeiert hatten, kehrte etwas Ruhe ein.

»Wie geht es Steven?«, fragte ich zur Ablenkung, denn natürlich würde Nadine mich neugierig nach allen Regeln der Kunst ausquetschen.

»Tja.« Kai zuckte die Schultern und sah nicht besonders glücklich aus. »Kann ich dir nicht sagen, wir haben uns getrennt.«

»Oh, das tut mir leid. Wie ist das denn passiert? Ich dachte echt, diesmal ist es was Ernsteres.«

Kai versuchte neutral und gleichgültig zu klingen. »Ach, er war einfach nicht der Richtige.« Sofort erkannte ich, wie er tapfer die Tränen zurückhielt.

»Steven ist sich nun doch nicht so sicher, ob homo oder nicht«, beantwortete Nadine nüchtern die Frage. »Er muss sich darüber erst einmal im Klaren werden. Dieser Scheißkerl.«

Was für ein Reinfall. Da ich aber wieder die alte Ines war, sah ich dieses Problem völlig phlegmatisch und verzichtete auf Gefühlsduselei. »Wenn der es nicht war, dann ist es jemand anderes. Sieh es positiv, du hast jetzt wieder alle Freiheiten der Welt.«

»Ines, ich finde, du solltest endlich über die Sache mit dir und Simon reden. Du tust ja gerade so, als ginge dir das alles am Arsch vorbei.«

Da hatte Nadine wohl recht. Ohne ihr Beachtung zu schenken, sagte ich: »Wer ist Simon?«, und widmete mich meinem Freund. Ich bedachte ihn mit einem aufgesetzten Lächeln, dabei kam mir eine grandiose Idee. »Ich hätte ein Flugticket zu verschenken nach Hawaii. Morgen geht der Flieger. Sieh es als Geschenk und als Trostpflaster. Da gibt es eine Menge muskulöser Kerle, die nur auf dich warten. Ich weiß, wovon ich spreche. Schließlich war ich des Öfteren da.« Mein unschuldiger Augenaufschlag sollte meine Idee nochmals unterstreichen.

»Wow. Du schenkst mir deine Reise?«

»Natürlich. Du brauchst jetzt Ablenkung, und was ist da besser als ein Tapetenwechsel?« Zusätzlich legte ich zur Bekräftigung meine Hand auf seine Schulter. Kais Augen leuchteten.

Ein undefinierbarer Duft stieg mir in die Nase, der mich aufhorchen ließ. Eindeutig kam der Geruch aus der Küche. »Sag mal, Nadine, kochst du etwa?« Ich ließ Kai mit seinen Fantasien zurück und stiefelte zu dem Ort des Geschehens. Mehrere Töpfe mit brodelndem Inhalt köchelten auf dem Herd. Ich runzelte die Stirn. »Seit wann hast du das Kochen für dich entdeckt?« Ich ahnte Schlimmes, behielt es aber für mich.

»Äh. Ich probiere nur was aus«, rechtfertigte sie sich und eine leichte Röte zog sich über ihr geschminktes Gesicht.

Durch schmale Augen funkelte ich sie an. »Wenn das eintritt, was mir gerade durch den Sinn geht, waren wir die längste Zeit Freundinnen.« Mich würde es nicht wundern, wenn Simon neben Thorsten gleich am Tisch säße und genüsslich von dem Menü speiste.

»Du musst endlich mit der Vergangenheit abschließen. Hörst du? Simon liebt dich. Er hat es mir am Telefon beteuert. Und du liebst ihn. Ich bin deine beste Freundin und weiß, was in dir los ist. Da kannst du mir erzählen, was du willst.« Ihren spitzen Finger bohrte sie mir auf die Stelle, wo andere Leute ihr Herz hatten.

»So eine gequirlte Scheiße will ich nicht hören. Jemanden so zu hintergehen, hat nichts mit Liebe zu tun.«

Ehe Nadine etwas entgegnen konnte, klingelte es an der Tür. Ich bedachte sie mit bösen Blicken, aber sie grinste mich lediglich schief an und zuckte mit den Schultern.

»Kai«, rief ich schnell, »öffne bloß nicht die Tür.«

»Zu spät«, antwortete mir eine vertraute Stimme. Thorsten stand bereits in der Küche.

Mit rollenden Augen stob ich an ihm vorbei. »Ich hoffe, du hast Simon da gelassen, wo der Pfeffer wächst.«

»Keine Angst, den habe ich vor deiner Wohnung postiert«, sagte er gelassen. »Es hätte ja sein können, dass du zu Hause bist.« Neugierig begutachtete er den Inhalt aller Töpfe. »Das riecht aber gut.«

»Hallo, schöner Mann.« Nadine ließ es sich nicht nehmen, Thorsten mit ihren Blicken auszuziehen.

»Hallo, schöne Dame.« Seine Aufmerksamkeit richtete er nun auf meine Freundin.

Die beiden waren derart ineinander vernarrt, ich hätte mich vor ihrer Nase umbringen können und keiner hätte es bemerkt. Mir wurde speiübel.

»Wenn das in Ordnung ist, Ines, dann düse ich mal ab. Ich muss noch packen.« Kai wirkte unschlüssig auf mich, als hätte er ein schlechtes Gewissen, mich hier stehen zu lassen. »Der Flieger wird morgen sehr zeitig abheben.«

»Nee, ist schon gut, mach dich los. Schließlich ist das alles spontan.« Getrost winkte ich ab.

»Und du bist dir echt sicher? Wenn du es dir anders überlegst, dann verstehe ich das.«

»Ich habe gar keine Zeit zum Verreisen. Ich muss morgen ganz früh in die Firma. Ich muss noch ein paar Dinge erledigen.« *Einen Karton auftreiben, wo ich meine privaten Dinge hineintun werde, einen gepfefferten Brief aufsetzen mit meiner Kündigung und Engelmey den Hals umdrehen*, fügte ich in Gedanken hinzu. »Ich wünsche dir ganz viel Spaß und schick mir Bilder, hast du gehört? Ganz viele. Vom Strand und von den Kerlen. Ich will mich ärgern, dass ich diese Reise verpasst habe.« Wir verabschiedeten uns mit einer langen, ausgedehnten Umarmung. Zu guter Letzt zwinkerte ich ihm zu, bevor ich die Tür hinter ihm schloss. Aus der Küche hörte ich verlegenes Gekicher. Vermutlich waren Thorsten und Nadine auf Tuchfühlung und ich störte nur. Aber wenn ich jetzt nach Hause fuhr, würde mich Simon vor der Tür abfangen. Er würde so lange nerven, bis ich vermutlich einknickte. Nein. Niemals. Ich, Ines Meinhardt, knickte nicht ein. Möglicherweise hatte Thorsten mir lediglich einen Bären aufgebunden und Simon saß in trauter Geselligkeit bei seinen Eltern und trank auf das Leben. Am besten noch mit seiner Daniela, der er verziehen hat. Kotz. Bloß nicht daran denken.

Draußen wirbelten die Schneeflocken aus dem wolkenverhangenen Himmel und bedeckten mein Auto. Kann es wirklich so haufenweise Schnee geben? Irgendwann muss es sich doch mal ausgeschneit haben. Es nützte nichts. Ich setzte mich in meinen Wagen. Sofort fühlte ich mich in diesen wenigen Quadratmetern sicher. Trotzdem fuhr ich mit einem unguten Gefühl los. Die wenigen Autos, die unterwegs waren und sich auf die Straßen trauten, rollten im Schneckentempo vorwärts. Rote Scheinwerfer schlängelten sich wie eine Perlenkette durch die schlecht geräumten Wege. Die Lichter spiegelten sich matt in den salzverkrusteten Fensterscheiben und blendeten mich mit verzerrten, surrealistischen Bildern. Meine Hände umschlossen verkrampft das Lenkrad, sodass meine Knöchel weiß hervortraten.

Kein fremdes Auto stand vor dem Gebäude, in dem sich meine Penthouse-Wohnung befand. Erleichtert stieg ich aus und schaute hoch. Ein wohliger Schauer lief meinen Rücken hinab. Nur noch wenige Augenblicke und ich würde zu Hause sein.

Entgegen meiner Gewohnheit benutzte ich den Lift. Ich fühlte mich von der langen, anstrengenden Fahrt gerädert und jeder weitere Schritt wäre für mich die reinste Folter gewesen.

Der Fahrstuhlgong holte mich aus meinen rotierenden Gedanken und veranlasste mich, nach meinem Schlüssel zu greifen. Irgendwie wollte das alles nicht in meinen Kopf. Engelmey und Tim und … Simon. Noch während sich der Fahrstuhl öffnete, sah ich ihn auch schon auf dem Fußboden kauern.

Wie von einer Tarantel gestochen stand er auf und ging einen Schritt auf mich zu. »Ines«, rief er erleichtert.

Ohne ihm Beachtung zu schenken, schloss ich die Tür auf und verschwand in der Wohnung, sobald der Spalt breit genug für mich war. Als ich gewissenhaft das Klacken im Schloss vernommen hatte und mich sicher fühlte, atmete ich auf und presste mich gegen die Wand. Die kurze Begegnung mit Simon ging mir näher, als ich gedacht hätte. Er wirkte abgekämpft und niedergeschlagen.

Simon klopfte zaghaft an der Wohnungstür. »Ines?«

Ich reagierte nicht.

Wieder klopfte es. »Ines? Lass mich bitte rein.«

Ich schnaubte. »Eher gefriert die Hölle.« Wütend löste ich mich von der Wand und ging auf meine Fensterfront zu. Wie friedlich von hier oben alles erschien. Die vielen kleinen roten und weißen Lichtpunkte. Jetzt erst merkte ich, wie sehr ich mein Leben vermisst hatte. Meine Couch, meinen Tisch. Alles hatte seine Ordnung und seinen Platz. Nichts stand unnötig herum. Nichts erinnerte an Weihnachten. Nichts an meine schicksalsträchtige Vergangenheit. Die Nüchternheit in Perfektion.

»Ines?« Diesmal klopfte es etwas aufdringlicher.

»Nenn mich Michelle, wenn wir schon mal bei der Glaubwürdigkeit sind«, schlug ich mit einem verächtlichen Unterton vor.

»Ines, es tut mir leid. Das musst du mir glauben.« Er klang erschöpft.

»Ich glaube dir aber nicht. Und jetzt zieh ab, sonst rufe ich die Polizei.« Als ich zu der Telefonstation spähte, sah ich den Anrufbeantworter blinken. Viktoria. Ganz bestimmt.

»Lass mich nur kurz rein, ich erkläre dir alles und du bist mich los. Ein für alle Mal. Niemand hatte vor, dich zu verletzen. Tim nicht und Engelmey nicht und … ich auch nicht.«

»Ich fass es nicht, dass du mit Tim unter einer Decke steckst.« Bei dem Gedanken kullerten mir Tränen die Wangen herunter. Warum hatte er mir nie ein Sterbenswörtchen gesagt? Ich hatte ihm vertraut.

»Das tue ich doch gar nicht.«

Verächtlich schnalzte ich mit der Zunge.

»Ich möchte es dir gerne erklären«, schlug er in einem sanften Tonfall vor.

»Nein.«

»Ich liebe dich.«

Sofort hielt ich mir die Ohren zu, um diesen kostbaren Satz auszusperren. Niemals sollte man ihn aussprechen, wenn er nicht ernst gemeint war. »Komm mir bloß nicht damit. Ich glaube dir kein Wort. Wenn du mich lieben würdest, hättest du mich nicht so hintergangen.«

»Ich weiß, dass du genauso für mich empfindest.«

Wieder schnaubte ich, schloss betrübt die Augen und schüttelte den Kopf. Bis vor ein paar Stunden hatte ich ihn wirklich geliebt. Ich hatte mein Herz für ihn geöffnet und es zugelassen, dass er einen besonderen Platz dort einnehmen durfte. Ein Fehler, wie es sich herausgestellt hatte.

»Ines.« Simon seufzte.

»Ihr habt mein Baby auf dem Gewissen.«

Ich hörte Simon regelrecht nach Luft schnappen. »Das ist nicht fair.«

»Was ist schon fair?«, entgegnete ich bissig. Natürlich war das weit hergeholt, Simon zum Schuldigen zu machen, aber war er nicht tatsächlich mit involviert gewesen?

Inständig hoffte ich, dass er bald aufgeben würde. Wenn mich diese eine Frage nicht derart belasten würde, hätte ich ihn längst verjagt. »An jenem Abend«, fing ich an und schluckte schwer, wie jedes Mal, wenn ich auf diese Nacht zu sprechen kam, »hatte da Tim auch schon seine Finger im Spiel? War es gar kein Zufall, dass wir … zusammen waren?« Aufgewühlt schloss ich die Augen. Wenn Simon das bejahte, war mein Glauben an die Menschheit und an mich verloren. Tim konnte mich nicht all die Jahre verfolgt haben, ohne dass ich irgendetwas davon bemerkt hätte. War selbst mein persönliches Handeln von ihm eingefädelt, sodass er jederzeit eingreifen konnte? Wie in einem Endzeitfilm, wo künstliche Intelligenz die Menschheit kontrollierte? War so etwas möglich?

»Mach bitte die Tür auf.«

»Hat er?«, fragte ich genauso barsch wie tränenerstickt.

»Nein«, kam nach geraumer Zeit die erlösende Antwort. »Das mit uns war purer Zufall.«

Tränen stürzten in Bächen meine Wangen hinunter. »Ich glaube dir kein Wort. Du musst mich erkannt haben. Wir hatten Blickkontakt vor meinem Unfall.«

»Deine Haare waren damals braun und kürzer und du hast eine Brille getragen. Man verändert sich in den Jahren.«

Ich schluchzte bei der Erinnerung. Nachdem ich mich von dem Vorfall erholt hatte, war meine erste Amtshandlung gewesen, zum Friseur zu gehen, mir Kontaktlinsen zu besorgen und meinen Style zu ändern. Ich hatte mich komplett umgekrempelt. Die langweiligen braunen Haare mussten blonden weichen, plus Haarverlängerung. Zusätzlich hatte ich gute fünf Kilo verloren, unter anderem, weil ich regelmäßig ins Fitnessstudio gegangen war. Meinen Kleiderschrank hatte ich samt Inhalt auf den Sperrmüll geschmissen und mein gesamtes Outfit geändert. Meine Brille trug ich allerhöchstens zum Lesen im Bett.

»Ines, bitte.«

»Geh einfach, okay?«

»Ich soll dir von Tim sagen, dass es ihm leidtut. Er wollte es dir immer persönlich mitteilen, aber du hast dich verleugnen lassen. Er war sogar im Krankenhaus, aber die Ärzte haben ihn nicht zu dir gelassen.«

»Das habe ich so veranlasst. Besuchsverbot für Tim Toelle.«

»Schließ mit der Vergangenheit ab.«

Erschöpft schloss ich die Augen. »Wieso? Gerade ist sie präsenter denn je.«

»Okay«, sagte er kraftlos.

Gab er endlich auf? Ich schöpfte Hoffnung.

»Ich verstehe, wenn du sauer auf mich bist. Aber glaub mir, ich habe genauso Grund, wütend auf dich zu sein. Du warst ebenso unaufrichtig zu mir, wobei ich dir wenigstens meinen richtigen Namen genannt habe. Und ich habe dir verziehen. Als wir uns im Büro wiedergesehen haben, war ich genauso überrascht wie du. Dann warst du so niederträchtig zu mir, so hasserfüllt, ganz anders, als ich dich von dem Abend in Erinnerung hatte.«

»Weil ich dachte, du nimmst mir meinen Job weg. Den kannst du dir übrigens in deinen Allerwertesten stecken. Ich kündige. Keinen weiteren Schritt mache ich in diese Scheißfirma.«

»Nein, das hast du falsch verstanden. Niemals sollte ich dein Konkurrent sein. Ich sollte dir lediglich ein bisschen zur Hand gehen, dich in deinen Entscheidungen unterstützen. Du warst eine tickende Zeitbombe. Du hast manchmal überreagiert. Die Auszubildende hat sich an den Betriebsrat gewendet, weil sie sich gemobbt von dir fühlte.«

Diese blöde Berichtsheftgeschichte. »Da waren in jedem zweiten Satz Rechtschreibfehler«, rechtfertigte ich mich. Es war ein Jammer, wie die Jugend von heute mit der deutschen Sprache umging.

»Wie dem auch sei, deine Handlung war völlig überzogen und Engelmey musste reagieren. Er stand unter Zugzwang, hat Druck von allen Seiten bekommen.«

»Ich verstehe nicht, was du damit zu tun hast.«

Simon stöhnte. »Ich habe in meiner alten Firma gekündigt. Dieses Stadtleben hatte ich satt. Ich bin mit der Anonymität nicht zurechtgekommen. Bis zu meiner neuen Stelle habe ich etwas zur Überbrückung gesucht und mich an Tim gewandt. Er hat das dann alles mit Engelmey eingetütet. Ich kam also wie gerufen. Engelmey hat mich vor deine Nase gesetzt, in der Hoffnung, du würdest ein wenig nachsichtiger. Aber es sollte nur für eine kurze Zeit sein. Für ein paar Monate. Er sah dich in deiner eigenen Verbitterung erfrieren, er wollte dir helfen.«

Dann war es tatsächlich nur eine Ausrede mit der biologischen Uhr gewesen. Und die Überstunden, auf die ich verzichten sollte. Warum hatte Engelmey nicht den Schneid gehabt, mit mir darüber zu sprechen?

»Was ist denn da los?«, fragte eine aufgebrachte Stimme, die von der gegenüberliegenden Wohnung stammte.

»Nichts. Alles gut, Herr … Laupichler«, besänftigte ich den verstimmten Nachbarn. Auf dem Klingelschildchen klebte sein Name, so brauchte ich nicht allzu lange darüber nachzudenken.

»Ich kann auch die Polizei rufen«, schlug Herr Laupichler vor.

»Nein. Schon gut. Wie gesagt, der Herr geht jetzt.«

Dann kehrte für einen kurzen Augenblick Ruhe ein. Ich dachte, Simon wäre gegangen.

»Ines?«

»War es abgesprochen, mich zu deinen Eltern zu bringen?«

»Nein. Das war wirklich Glück im Unglück, dass wir nicht weit weg von meinem Elternhaus waren.«

»Ich habe jetzt die Polizei gerufen«, rief erneut mein Nachbar durch den Flur.

Mulmig klopfte Simon an die Tür. »Ines, bitte mach auf, bevor ich von der Polizei abgeführt werde. Der Kerl meint es wirklich ernst.«

Blutleer lief ich in das Schlafzimmer, legte mich angezogen auf das Bett und sperrte die nächsten flehentlichen Bitten, die mit beharrlichem Klopfen folgten, aus.

Kapitel 17

Die nächsten Wochen verbrachte ich allein. Weihnachten und Silvester zogen unbeachtet an mir vorbei, obwohl Nadine darauf bestanden hatte, wenigstens gemeinsam den Jahreswechsel zu feiern, aber weil sich zwischen Thorsten und ihr eine Liebe entwickelt hatte, lehnte ich dankend ab. Seitdem hatte Nadine ihre Freizügigkeit auf wundersame Weise verloren, und ich musste zugeben, es stand ihr gut. Es schien, als hätte sie ihren Anker geworfen. Natürlich besuchte sie mich hin und wieder, auch Thorsten kam mit, aber nur unter der Voraussetzung, dass bestimmte Themen nicht angesprochen wurden. In der Zwischenzeit schrieb ich Bewerbungen in die ganze Welt. Je weiter weg, desto besser. Um meine Langeweile zu überbrücken, schaute ich in Dauerschleife *Big Bang Theory*, außerdem legte ich derweil meine gesunde Ernährung ab und stopfte ohne schlechtes Gewissen Eis und Schokolade in mich hinein. Manchmal auch Chips. Und das Abendessen ließ ich mir von einem Lieferservice bringen, was mich meine engen Jeans nun spüren ließen. Selbst meine Brüste profitierten von meiner Gewichtszunahme und obwohl sie hervorragend zu meiner Figur passten, füllten sie nun die Schalen und unterstrichen meine Weiblichkeit. Vielleicht sollte ich meinen freitagabendlichen Fitnesskurs wieder aufnehmen. Erste Einladungen zu einem Vorstellungsgespräch standen unmittelbar bevor, und wie sähe ich aus, wenn sich die Knöpfe meiner Bluse nicht schließen ließen?

Bald würde ich zu Viktoria fahren. Eins ihrer Kinder feierte Geburtstag und diesmal hatte ich zugesagt. Mama und Papa freuten sich schon und ich auch, musste ich zugeben. Auch wenn die Zeit, die ich mit den Hoffmanns verbringen durfte, tief in mir schmerzte, hatte ich gelernt, dass man eine funktionierende Familie nicht einfach aus Egoismus aufs Spiel setzen durfte, denn eine jede war einzigartig. Trotzdem hatte ich zu Weihnachten unter dem Vorwand, ich wäre krank, abgesagt. Eigentlich war das noch nicht mal gelogen. Ich war krank vor Kummer.

Die Anrufe von Simon wurden letztlich weniger, aber er zeigte Geduld, genauso wie ich. Wenn er anrief, mied ich es einfach, ans Handy zu gehen.

Heute hatte sich Nadine angekündigt. Allein! Ich mochte Thorsten, aber heute sollte ein Mädelstag stattfinden, da hätte er nur gestört. Außerdem wollte ich die Zeit nutzen, ein neues Outfit für mein bevorstehendes Vorstellungsgespräch auszusuchen.

»Eine Nummer größer«, rief ich aus der Umkleidekabine.

»Bist du dir sicher?« Ihre Frage hatte sie mit einem verwunderten Ton unterlegt.

»Wenn du keine Angst hast, dass der Knopf dich töten könnte, wenn du vor mir stehst ...« Es dauerte nicht lange und Nadine brachte mir das besagte Outfit. Ein knielanger Rock und ein passender Blazer in feierlichem Schwarz. Dazu eine weiße Bluse.

»Perfekt«, bewunderte ich mich und öffnete den Vorhang, der vor neugierigen Blicken schützte.

Nadine krauste betreten die Stirn. »Also ehrlich gesagt ...«

»Was?« Skeptisch beäugte ich mich im Spiegel.

»Es ist dir zu weit.« Mit spitzen Fingern zog sie erst vorsichtig am Ärmel und dann am Saum meines Rockes, als könnte er sich bei einer Berührung in seine Bestandteile auflösen.

»Nehme ich aber eine Nummer kleiner, bekomme ich die Knöpfe nicht zu«, stöhnte ich, schloss die Kabine und befreite mich aus dem Ungetüm. Nadine hatte recht. Ich sah scheiße aus. Diese Völlerei hatte seinen Tribut gefordert und womöglich würde ich deswegen arbeitslos bleiben. Auch wenn mein Körperumfang keinen Einfluss auf meine Eignung hatte. Aber sicher war sicher. Eine Diät musste her, vielleicht hörte dann auch meine leichte Übelkeit auf, die sich mittlerweile als ständiger Begleiter eingeschlichen hatte. Die viele Schokolade hatte ich noch nie richtig vertragen. Als Kind hatte ich mir regelmäßig den Magen verdorben, wenn ich zu viel Süßes gegessen hatte. »Meinst du, ich schaffe bei einer Low-Carb-Ernährung drei Kilo in zwei Wochen?« Die ausprobierten Kleidungsstücke ließ ich achtlos in der Kabine liegen und stob an Nadine vorbei. Wie ein Entenküken folgte sie mir.

»Ich weiß gar nicht, was du hast. Du hast lediglich ein bisschen am Bauch zugenommen und vielleicht an der Oberweite«, fügte sie hinzu und zwinkerte.

»Und deswegen werde ich mir auch nichts Neues kaufen. Ein bisschen Sport, mehr Salat, weniger Zucker und … voilà. Mein Kleiderschrank gehört wieder mir.« Im Eiltempo verließen wir die Boutique, die mir sonst immer gute Dienste erwiesen hatte.

»Ich habe Hunger, lass uns Pause machen«, schlug Nadine nörgelnd vor.

Im Laufen blieb ich stehen und musterte sie strafend. Hatte ich ihr nicht gerade eben noch von einer Diät erzählt, die ich unbedingt durchziehen sollte?

Nadine hob die Schultern. »Wenn du die ganze Zeit vom Essen sprichst …«

Mit rollenden Augen stimmte ich zu. »Meinetwegen«, seufzte ich. Seit sie mit Thorsten zusammen war, legte sie viel Wert auf die Ernährung und achtete sogar auf die Vollwertigkeit. Nur dass sie nicht dick davon wurde.

Ich steckte die Nase in die Speisekarte und machte mir ein Bild von der Fülle des Angebots. Der bloße Gedanke an eine Nahrungsaufnahme ließ meinen Magen rebellieren. Trotzdem entschied ich mich für einen Salat mit Joghurtdressing.

Natürlich merkte ich, dass die Unterhaltungen zwischen Nadine und mir nicht mehr so unverfänglich waren wie früher, aber heute empfand ich die Stimmung als äußerst angespannt. Als hätte sie etwas auf dem Herzen, rutschte Nadine unruhig auf ihrem Stuhl hin und her.

»Ines, ich muss dir was sagen«, fing sie an, nachdem die Bedienung unser Essen serviert hatte.

Meine Neugierde veranlasste mich, die Gabel an die Seite zu legen und meiner Freundin zu lauschen. »Was ist denn los?« Sie schien wirklich bekümmert zu sein. Sorgenvoll musterte ich sie.

Ehe sie mir in die Augen blickte, räusperte sie sich. »Ich habe gekündigt.«

»Das ist das Beste, was du jemals hättest tun können. Ich gratuliere dir.« Wie ferngesteuert nahm ich das Besteck wieder auf und knabberte an einem Blatt. An ihrem Blick merkte ich, dass das noch nicht alles war.

»Ich weiß, es klingt alles sehr überstürzt, aber Thorsten und ich …« Diesmal steckte sie sich verlegen eine Haarsträhne hinter das Ohr, ehe sie fortfuhr. »Also, wir wollen zusammenziehen.«

Ein geraspeltes Stück Möhre blieb in meiner Kehle stecken, und sofort stellte sich ein Hustenreiz ein. Gierig goss ich den gesamten Inhalt des Glases meinen Schlund hinunter. Nachdem ich mich gefangen hatte, musterte ich meine Freundin eingehend. »Ihr lasst aber auch nichts anbrennen«, stellte ich nüchtern fest. Um aber dieses heikle Thema rasch zu umgehen, berichtete ich mit stolzgeschwellter Brust von meiner Neuigkeit. »Ich habe ein Vorstellungsgespräch. In Köln.« In Frankreich wäre es mir zwar lieber, aber auf die Bewerbungen, die ich an zwei weltbekannte Kosmetikkonzerne gesendet hatte, hatte ich noch keine Rückmeldung erhalten. Doch allem Anschein nach war Köln für Nadine schon weit genug weg.

»Köln?«, fragte sie und verlor gleichzeitig ihre Gesichtsfarbe. »Was ist dann mit uns?«

Ich zuckte mit den Schultern und winkte ab. »Wenn ich einen neuen Job habe, werde ich die erste Zeit wenig Freiraum haben.« Dann widmete ich mich wieder meinem Salat. Ich fühlte mich wie ein Kaninchen, das von seinem Jäger fixiert wurde, kurz bevor es in Stücke gerissen wurde.

»Das ist doch nicht dein Ernst? Wie kannst du alles hinschmeißen?«

»Das tue ich nicht. Ich entwickle mich höchstens weiter.« Ich mied ihren aufgebrachten Blick. »Außerdem gehst du doch weg. Wie ich Thorsten kenne, wird er nicht einen Fuß in die Stadt wagen. Also denke ich, dass du zu ihm gehst.« Ehe Nadine etwas erwidern konnte, erhob ich mahnend meinen Zeigefinger. »Lass uns einfach das Thema wechseln.« Mein Gefühl sagte mir, dass sich das Gespräch in die falsche Richtung bewegte.

In stoischer Ruhe schüttelte sie den Kopf, ging aber nicht weiter darauf ein. »Hast du vielleicht mal ein Taschentuch für mich? Ich glaube, ich habe mir eine Erkältung eingefangen.« Ungeniert schniefte sie.

Ich reichte ihr meine Handtasche. Ein Freundschaftsdienst, den ich sonst niemandem zuteilwerden ließe. »Hier. Irgendwo darin ist ein Päckchen.«

Ohne schlechtes Gewissen durchwühlte sie den Inhalt.

»Wow, Ines. Wann hast du das letzte Mal darin aufgeräumt?« Lachend kramte sie weiter und zog ein viereckiges Päckchen heraus, das sie prüfend in Augenschein nahm. »Scheiße. Hast du mal auf das Ablaufdatum geguckt? Das Kondom ist schon im vorigen Jahrhundert abgelaufen. Schmeiß das lieber weg.« Amüsiert zwinkerte sie mir zu, worauf sie endlich die Taschentücher gefunden hatte und sich laut die Nase putzte.

Die Übelkeit, die mich seit geraumer Zeit begleitete, entwickelte sich zu einem anbahnenden Brechreiz. Zusätzlich rauschte mir das Blut in den Ohren und mein Herz schien aus dem Brustkorb springen zu wollen. Meine Hände fühlten sich klamm an, als ich in Zeitlupentempo nach der viereckigen Verpackung griff und sie musterte, als wäre sie eine außerirdische Lebensform. Bilder, die ich längst aus meinen Erinnerungen verbannt hatte, schossen vor meinem inneren Auge vorbei, als wäre es gestern erst gewesen. Noch bevor wir seine Wohnung betreten hatten, hatte ich mir das Kondom in die Hosentasche gesteckt, damit ich mir meinen Plan in Erinnerung rufen konnte, falls ich vorgehabt hätte, einen Rückzieher zu machen. Doch tatsächlich kam es zum Gebrauch. Es war das Einzige, was wir zur Verfügung hatten. Nie und nimmer hatte ich mir Gedanken darüber gemacht, wie lange es bereits in meiner Tasche herumgelungert hatte. Scheiße. Ich war mir sicher, dass es von derselben Charge stammte.

»Ines? Alles in Ordnung?«

Tausend Sachen flogen mir gerade durch den Kopf. »Nein. Nein. Irgendwie nicht«, antwortete ich wahrheitsgemäß. »Mir ist gerade etwas Wichtiges eingefallen. Sei mir nicht böse, aber ich muss noch mal los.« Ohne auf ihre drängenden Fragen einzugehen, eilte ich aus dem Lokal zum Auto.

Kapitel 18

Bevor ich den Weg nach Hause einschlug, fuhr ich einen Umweg über eine Drogerie. Doch ehe ich auf den Parkplatz einbog, sah ich, wie eine Katze von links nach rechts über die Straße schlich, aber in dieser Reihenfolge bedeutete dies Glück. Vielleicht ein gutes Zeichen. Andersherum wäre es etwas anderes gewesen.

Meine Aufregung betäubte den Verstand und so fischte ich einen x-beliebigen Schwangerschaftstest aus dem Regal. Die leichte Spannung in meinen Brüsten, die Übelkeit, das alles lag vielleicht nicht an meinem übermäßigen Essverhalten.

Als ich zu Hause ankam, schaltete ich das Licht in der Wohnung ein und atmete kurz durch. Die Hektik und die Aufregung ließen meinen Puls in die Höhe schlagen, dass mir schwindelig wurde, was sich zusätzlich verstärkte, als ich die App öffnete, die mir genaustens meinen Zyklus errechnete. Überfällig!

Draußen dämmerte es bereits und obwohl Weihnachten schon lange vorbei war, hing gegenüber meiner Wohnung immer noch Schmuck an den Fenstern und leuchtete auf. Offenbar war aber die Dekoration defekt, denn als hätte der Lichterbogen einen Wackelkontakt flackerte er nur kurz auf und blieb dann dunkel. Für Ende Januar war das selbst für eingefleischte Weihnachtsfans übertrieben.

Mit zittrigen Fingern packte ich endlich den Test aus der Schachtel. Die winzige Schrift der Gebrauchsanleitung verschwamm vor meinen Augen, aber trotzdem studierte ich den Inhalt sorgfältig. Das konnte alles nicht wahr sein. Rasch verschwand ich in das Badezimmer und hielt den Streifen in den Urinstrahl. Zur Sicherheit überflog ich die Stelle auf der Packungsbeilage, wo beschrieben stand, wie lange es dauerte, bis ein Ergebnis abzulesen war.

In dem Moment läutete es an der Wohnungstür. Überrascht schaute ich auf. *Wer kann das denn sein?*, fragte ich mich. Jedoch hegte ich nicht den Wunsch, die Tür zu öffnen. Wieder klingelte es, diesmal forscher, ohne Unterbrechung. Stöhnend zog ich mich an und rief noch im Wohnzimmer: »Wer ist da?« Den Schwangerschaftstest legte ich gedankenlos auf den Tisch.

»Die Post!«

Um die Uhrzeit? »Ich habe nichts bestellt«, bemerkte ich skeptisch und ließ die Tür vorerst verschlossen.

Es dauerte eine Weile, bis der Briefträger etwas erwiderte. »Ein Einschreiben.«

Oh. Vielleicht aus dem Ausland, wegen meiner Bewerbung. Diese Begründung veranlasste mich, ihm zu öffnen. Ehe ich überhaupt begriff, was geschah, stob Simon an mir vorbei und der Postbote zog von dannen. »War für nen guten Zweck«, rief er noch über die Schulter und hielt einen Arm zur Verabschiedung in die Höhe.

Automatisch drehte ich mich Simon zu. Seine Miene wirkte energisch und kämpferisch, aber auch aufgewühlt. Die Haare standen ihm wirr zu allen Seiten ab und seine Augen leuchteten entschlossen. Wie ein aufgescheuchtes Huhn lief er auf und ab.

»Du hast den Briefträger benutzt, um dir Zutritt in meine Wohnung zu verschaffen?« Wie verzweifelt musste man sein?

»Es tut mir leid«, beteuerte er und ging einen Schritt auf mich zu und schaute demütig auf mich herab. »Ich hatte keine andere Wahl.«

Da stimmte ich ihm zu. Wobei ich es mir bei der Wendung vielleicht anders überlegt hätte. Der Test! Es müsste längst ein Ergebnis zu erkennen sein. Und er lag offensichtlich auf dem Wohnzimmertisch, aber von hier aus unerreichbar, ohne Simons Aufmerksamkeit unnötig zu wecken. Also stellte ich vorerst die quälende Frage, was mit meinem Körper los war, hintan und wartete geduldig auf Simons Erklärung, während er unruhig immer wieder vor das Fenster trat und hinausschaute. »Es geht gleich los«, nuschelte er und zog mich sanft, aber bestimmt an die Fensterfront, sodass ich rausschauen konnte. Sofort brannte sein herbes Aftershave in meiner Nase.

Mit gerunzelter Stirn schaute ich zu ihm hoch, aber sein Blick huschte immer wieder nervös nach draußen.

»Erklär mir bitte, was das soll.« Langsam verlor ich die Beherrschung und mein Ton klang frostig.

Und als Simon anscheinend den Mut verlor, leuchtete plötzlich auf der gegenüberliegenden Seite in einem Fenster in Form einer Sternschnuppe ein Lichterbogen auf. Simons Gesichtszüge glätteten sich und er wirkte etwas entspannter. »Hör mir zu«, fing er aufgeregt an. »Halt! Nein!« Er unterbrach sich und strich sich ächzend über den Nacken. Besonnener fuhr er fort und schaute mich von der Seite an, während ich auf das Haus gegenüber sah. »Ich wünsche mir, dass du mir zuhörst.«

Kurz darauf erlosch die Sternschnuppe und im nächsten Fenster erstrahlte eine neue im vollen Glanz. Sofort reagierte er. »Ich wünsche mir, dass du meine Entschuldigung annimmst.«

Und wieder verlor der Stern das Licht und ein anderer blinkte auf. »Ich wünsche mir, dass keine Lügen mehr zwischen uns stehen.« Ohne mich aus dem Blick zu verlieren, zählte er weiter auf, während die Sternschnuppen nach und nach aufleuchteten.

Derweil hatte ich mich zu ihm gedreht und nun schaute ich ihm in seine blauen Augen.

»Ich wünsche mir, dass du mir glaubst und mich nicht für verrückt hältst.« Ein Lächeln huschte über seine Lippen und als ein neues Fenster mit einem Stern erstrahlte, sprühten seine Augen mehr Herzlichkeit aus, als ich jemals zuvor bei ihm gesehen hatte. »Ich wünsche mir ein Leben mit dir.«

Ohne ihn zu unterbrechen, lauschte ich, wie er mir mit viel Mut und Entschlossenheit einen Herzenswunsch nach dem anderen vortrug.

»Ich wünsche mir, dass du genauso viel Liebe für mich empfindest wie ich für dich.«

Die Sternschnuppen erloschen, um kurz danach wieder im Licht zu erstrahlen, aber ohne, dass Simon Notiz davon nahm. Seine Hoffnungen sprudelten nun einfach aus ihm heraus. »Ich wünsche mir nie wieder einen Tag ohne dich. Ich wünsche mir, dass wir zusammen alt werden. Ich wünsche mir tausend Kinder mit dir. Ich kann ohne dich nicht mehr leben. Die letzten Wochen waren der Horror für mich.« Und dann, als wären ihm die Ideen ausgegangen, sagte er nur: »Ich liebe dich.«

Eine Träne hatte sich bereits im Augenwinkel gebildet und kullerte nun meine Wange herunter, während Simon mich voller Erwartungen ansah. Mein Hals brannte, meine Gefühle fuhren Karussell und wieder überkam mich eine Welle der Übelkeit, als säße ich auf einer rotierenden Scheibe. Ich schloss für einen kurzen Moment die Augen und als ich sie wieder öffnete, sah mich Simon immer noch hoffnungsvoll an. Nur hatte er seine Idee nicht ganz durchdacht. »Die Wünsche können nicht in Erfüllung gehen.« Selbst mir tat die Erklärung mit dem schmerzunterlegten Unterton weh.

Fassungslos schaute er mich an. Es schien, als wären die Last und die Hoffnung mit seiner tiefen Erschöpfung verschmolzen und fielen nun von ihm ab wie ein Magnet, der seine Anziehungskraft verloren hatte. Er schloss die Lider und vergrub das Gesicht in den Händen.

»Simon.« Ich legte meine Hand beschwichtigend auf seinen Arm. »Wünsche gehen nur dann in Erfüllung, wenn man ganz fest daran glaubt. Man schließt dabei die Augen. Und man sollte den Wunsch nicht ausposaunen wie ein Angebot bei Sotheby's.« Damit ihn die Worte nicht völlig grausam trafen, schenkte ich ihm einen sanften Blick.

Kaum wahrnehmbar schüttelte er den Kopf. »Ich habe es als letzte Chance gesehen«, krächzte er, während er resigniert auf mich herabsah. Dann, als hätte er den Kampf verloren, drehte er sich auf dem Absatz um.

Seine offensichtliche Aussichtslosigkeit bohrte sich wie ein Messer in mein Herz. »Warte«, hielt ich ihn zurück. Und als er tatsächlich meine Aufforderung befolgte, sprang der Anrufbeantworter an. Die ganze Aufmerksamkeit galt nun dem Gerät.

»Dies ist eine Nachricht für Ines Meinhardt.« Eine männliche Stimme mit französischem Akzent sprach auf das Band. »Vielen Dank für Ihre Bewerbung an uns. Wir möchten Sie gerne am 14. Februar zu einem Vorstellungsgespräch in unserem Stammsitz in Frankreich einladen. Ich schicke den Termin und alle weiteren Informationen noch einmal per E-Mail und ich bitte Sie, dies zu bestätigen.« Und dann piepte der Anrufbeantworter in einem tinnitusartigen Ton, dass ich mir am liebsten die Ohren zugehalten hätte.

Geschockt sah Simon mich an, als würde ich mich in ein ekelerregendes Monster verwandeln. »Frankreich?«

Ich schloss die Augen. Was für eine Chance! Nie hätte ich gedacht, dass ich es so weit schaffen würde. Eine der exklusivsten Weltkonzerne der Kosmetikindustrie lud mich zu einem Gespräch ein. Bei der Vorstellung zog sich eine Gänsehaut über meinen gesamten Körper. Endlich hatte sich mein Ehrgeiz bezahlt gemacht und die Kündigung bei Engelmey sich als etwas Gutes herausgestellt. Aber was ist mit meinen Gefühlen für Simon? Seine Liebeserklärung stellte alles auf den Kopf. Zumal ich eventuell schwanger sein könnte.

»Du gehst fort?« Die Frage unterlegte er mit einem entsetzten Tonfall, als wäre diese Absicht für ihn unvorstellbar.

Ich atmete tief aus und sperrte die aufleuchtenden Sternschnuppen aus, die immer noch gute Arbeit leisteten, obwohl Simon längst aufgehört hatte, seine Wünsche preiszugeben. »Es kommt drauf an«, flüsterte ich rau.

»Auf was?« Mit einem Schritt schloss er die Lücke, die zwischen uns klaffte. Hoffnungsvoll, mit neuem Mut, sah er auf mich herab.

In Zeitlupentempo lief ich zum Wohnzimmertisch, wo sich meine Zukunft verbarg. Ein Blick und ich hätte Gewissheit. Meine Finger umschlossen den stiftähnlichen Gegenstand, aber statt mir Klarheit zu verschafften, reichte ich Simon den Test.

»Was ist das?« Er legte die Stirn in Falten und nahm ihn mir ab.

»Du musst gucken, ob ein oder zwei Striche zu sehen sind.«

In gequälter Langsamkeit schaute er auf den Bereich, wo sich das Ergebnis befand.

Vor Aufregung hielt ich die Luft an, aber Simon ließ sich Zeit, das Resultat zu verkünden.

Nach schier endlosen Sekunden hatte er seine Stimme wiedergefunden. »Zwei.« Er sah mich dabei verwirrt an.

Obwohl ich die Gebrauchsanweisung gut studiert hatte und wusste, was das nun zu bedeuten hatte, misstraute ich meinem Denkvermögen und kramte bereits hastig die Packungsbeilage heraus.

»Ist das ein Schwangerschaftstest?«, fragte er, als ich die Anleitung zur Sicherheit überflog und an der Stelle stehen blieb, auf der die Eindeutigkeit bildhaft abzulesen war.

Zweifellos. Schwanger!

»Ich bekomme ein Kind«, wisperte ich und Tränen rollten meine Wangen hinunter. Freude gepaart mit Hoffnung breiteten sich in meinem Körper aus und überschwemmten mich mit einem Glücksrausch. Aber auch Angst und Unsicherheit hielten Einzug. »*Wir* bekommen ein Kind«, verdeutlichte ich Simon, der aus seinem Dämmerzustand nicht aufzuwachen vermochte.

»Wie, wie kann das sein?« Er stockte und es schien, als versuchte er mit seinen blauen Augen meine Seele zu ergründen. Ich hoffte, er zweifelte seine Vaterschaft nicht an.

Ich schürzte die Lippen und zog meine Schultern hoch. »Das Kondom war uralt.«

Seine unergründliche Miene verängstigte mich und obwohl er mir eben noch seine Liebe gestanden hatte, beschlich mich die Furcht, er könnte meinen, nicht der Vater zu sein.

Er vergrub sein Gesicht in den Händen. Und dann lachte er. Wie es sich anhörte, erleichtert. Nachdem er die Arme gesenkt hatte und mich mit einem Lächeln anschaute, schloss er die Lücke zwischen uns. »Bist du dir sicher?«

»Na ja. Der Gang zum Arzt bleibt mir nicht erspart. Aber alle Anzeichen deuten darauf hin. Und die Schwangerschaftstests sind schon ziemlich gewissenhaft.«

Bevor Simon etwas erwidern konnte, wurde ich von einem roten Lichtschein geblendet, der von dem Nachbarhaus ausgestrahlt wurde. Mein Kopf fuhr automatisch herum, damit ich das Schauspiel besser beobachten konnte. Statt der Sternschnuppen leuchteten nun in den einzelnen Fenstern kleine rote Lichter auf, was im Großen und Ganzen ein Herz darstellte. Überwältigt von der Kraft des Symbols und dem Mut, den Simon auf sich genommen haben musste, schluchzte ich zwischen einem Anflug aus hysterischem Kichern und der Einsicht, dass alles gut werden würde. »Du bist verrückt.«

Als sich Simons Mund zu einem Schmunzeln verzog, beruhigte ich mich und wischte mir die Nase ungehemmt am Ärmel ab.

»Das haben deine Nachbarn auch zu mir gesagt.«

Wieder gluckste ich zwischen Tränen und unfassbarem Glück. »Du hast bei all den Leuten geklingelt?«

Simon nickte. »Ja und ich muss sagen, einige deiner Nachbarn sind richtig nett. Die anderen« – er wiegte den Kopf hin und her und schürzte die Lippen – »da solltest du vorerst einen großen Bogen drum machen.« Dann aber glättete sich seine Stirn. »Übrigens habe ich dem Postboten ein extra Weihnachtstrinkgeld für das nächste Mal zugesichert.«

Lachend schüttelte ich den Kopf, aber dann fiel mir etwas ein. »Ich hoffe, du hast nicht zu viel versprochen. Wir müssen uns eine neue Wohnung suchen. Am besten eine mit Garten, wo wir den Kinderwagen einfach raus ins Freie schieben können. Hier oben wird das schwierig.« Demonstrativ drehte ich mich in alle Richtungen.

»Dann gehst du nicht nach Frankreich?«

Ich schaute zu ihm hoch. Simons blaue Augen, die mich vom ersten Tag an fasziniert hatten, strahlten Besorgnis, aber auch Hoffnung aus. Und obwohl ich trotz Schwangerschaft das Einstellungsgespräch wahrnehmen könnte, schüttelte ich den Kopf. »Nein, ich denke, Frankreich muss ohne mich zurechtkommen. Außerdem wäre es nur ein Kennenlernen.«

Dann legte er mir sanft eine Hand auf die Wange und sah mich zuversichtlich an. »Meine Wünsche haben sich wohl doch noch erfüllt«, raunte er, nahm mein Gesicht in die Hände, beugte sich zu mir herunter und küsste mich.

Alle Sternschnuppen, die Simons Wünsche in sich trugen, schossen mit gezündetem Schweif kreuz und quer durch meinen Bauch.

Bestimmend, aber zärtlich und auf jeden Fall viel zu schnell löste er sich von mir. Nach seinem Blick zu urteilen, schien es ihm genauso unerträglich zu sein wie mir.

»Ich hätte auch schon einen geeigneten Namen, falls es ein Mädchen wird«, begründete er seine Unterbrechung.

»Und der wäre?« Mit gerunzelter Stirn sah ich zu ihm hoch und hoffte, unsere Namensgeschmäcker drifteten nicht allzu weit auseinander.

»Stella.«

Ende

Danksagung

Ich danke meiner Lektorin Natalie Röllig, die meinen Roman zum glänzen gebracht und mich zu dem tollen Happy End inspiriert hat. Die Geschichte ist so viel schöner geworden. Vielen Dank auch für die Hilfestellung, was das Ausarbeiten des Klappentextes anbelangt. Die vielen Fragen, die sie zeitnahe und geduldig beantwortet hat.

Dann danke ich Dorothea Kenneweg, die mir so viel Mut zugesprochen hat, den Roman zu veröffentlichen. *Einfach probieren. Das haben andere auch schon gemacht*, so ihre Worte. Sie sollte recht behalten. Es war ganz easy.

Außerdem gilt mein Dank auch an Ruth Pöß und ihrem detektivischen Spürsinn für jedes falsch gesetzte Komma. Außerdem weiß ich jetzt, was ein Schwibbogen ist. Ich habe das Wort dann doch übernommen.

Constanze Kramer danke ich für das tolle Cover. Es ist genau nach meinen Wünschen geworden.

Zum Schluss danke ich meinem Mann und meinen drei Töchtern, die immer an mich geglaubt haben.

Printed in Poland
by Amazon Fulfillment
Poland Sp. z o.o., Wrocław

67251156R00129